Geronimo Stilton

奇鼠歷險記 大長篇 2

失落的魔戒

新雅文化事業有限公司
www.sunya.com.hk

最珍貴的
魔法永遠
是……友誼！

奇幻、夢想、友情
……伙伴們，
你們準備好重回
夢想國了嗎？

目錄

進入夢想國

無名氏的旅途

綠之郡

進入光之團

進入女巫國

奪回仙人戒

重返水晶宮

請貼上
你的照片。

我的名字是

- - - - - - - - - - - - - - - - - -

- - - - - - - - - - - - - - - - - -

千把銀色小提琴之音

在春日的黎明時分，我睡意正酣。

此刻我在做夢，確切地説，我做的是一個……

我翻來又覆去，翻來又覆去，

翻來又覆去，在夢中低聲夢囈着……

呼呼……

哈哈哈哈哈！

此時此刻終於到來，
神奇惟幕已經拉開……

我夢見了一張熟悉的面孔……那不是甜美的仙女國皇后——芙勒迪娜嗎？沒錯，外表看來的確像她，可感覺並不是她……咕吱吱，此人一定是妮勒迪娜——芙勒迪娜的邪惡孿生妹妹！

她的身旁圍繞着一羣**奇特**的人們……她們看似**仙女**，卻並非**仙女**……她們貌似**女巫**，卻又非**女巫**……她們身披**黑沉沉的袍**……一頭**紫髮**……在她們深色的瞳孔中閃爍着**邪惡**的光芒……

她們就是黑仙女！

黑仙女們拉起銀色小提琴，開始彈奏起來……哦，這旋律真令我焦躁！一千把銀色小提琴齊齊奏出刺耳的聲音，讓我的心裏充滿了不安……

那樂聲越來越吵鬧，伴着一千名女性的歌聲：

此時此刻……終於到來，
神奇帷幕……已經拉開……

妮勒迪娜注視着我,發出邪惡的笑聲:

「啊哈哈哈哈哈!」

她可怕的笑聲差點讓我的血液冷卻,我猛地驚醒過來。

我從牀上彈起來,瞪大眼睛大聲叫喊:*「小提琴琴琴琴琴!銀色小提琴琴琴琴琴!」*

我猛然驚醒:「以一千塊莫澤雷勒乳酪的名義發誓,原來這一切只是一場噩夢!」

但是,我對黑仙女的記憶十分深刻!

好可怕的噩夢!

在我上次遊歷夢想國時，妮勒迪娜的手下黑仙女們將美麗的仙女國皇后芙勒迪娜**囚禁**起來。

我將皇后從她們的魔爪中救了出來。為了報答我，芙勒迪娜授予我一個新的榮譽——仙人族王子「**勇氣之星**」！她用魔法讓我的背上長出一對透明的翅膀！她還將一枚刻有仙人族族徽的戒指贈給我，象徵我已成為**仙人族裔**的一員呢！

我沉浸在甜蜜的回憶中……*多麼奇妙的旅程啊！*

突然，我心中閃過一條問題：對了，我將

仙人戒放在哪裏啦？

我撓撓頭皮，回想起來：對呀，我將它收進櫃子的抽屜裏了！

我正要打開抽屜查看，當目光落在鬧鐘上，卻不禁驚叫起來：「啊！我已經遲到到到啦！我必須**迅速速速**趕往辦公室！」

我趕緊手忙腳亂地換上衣服，奔出家門。

仙人戒

黑仙女將芙勒迪娜
囚禁起來。

我成功救出了芙勒迪娜。

騎士，謝謝你
的救命之恩！

為了報答我，芙勒迪娜
贈給我一枚戒指。

　　我才推開門，就嚇得目瞪口呆。

　　今天是開春的第一天，我期待沐浴在明媚的陽光下，觀看燕子在藍天翱翔，聞聞空氣中花兒的芬芳，然而……

　　此刻，刺骨的北風向我襲來……

　　放眼望去，天空一片灰濛濛……

　　太陽隱藏在厚厚的烏雲中，根本沒露面！

　　天空中飛翔的鳥兒不是燕子，而是黑色的烏鴉，牠們發出聒噪的叫聲：

嘎嘎～　嘎嘎～

嘎嘎～　嘎嘎～

嘎嘎～　嘎嘎～

空氣中瀰漫着的不是花香，而是……硫磺的氣味！

一切
都籠罩
在濃濃的
霧氣中！

你能找出圖中的天空有什麼奇特之處嗎？

這真是個奇怪，
十分奇怪，
甚至，
應該說是，
非常奇怪的
春日早晨！

潔白如雪的羽毛

不管如何，我可沒時間思索太多，我必須立刻趕往辦公室！

我裹緊風衣，繫上圍巾，大步向前奔去。

哆哆哆，外面真冷啊！

答案參見第586頁。

霧氣真濃啊！

我在霧氣瀰漫的街上行走，突然留意到有什麼不對勁。

我發現街道上走着的所有鼠臉上都長着黑眼圈，似乎他們都 *一夜* 無眠。

天知道是怎麼一回事！

我和書報攤攤主打招呼：「早安，財紙鼠先生，今天過得如何？」

他 **睡眼惺忪** 地嘟囔着：「早安，史提頓先……先生，說實話，我一整晚都沒合上眼睛……咕吱吱……」

你能找出圖中的天空有什麼奇特之處嗎？

我經過街角的花店，遇到了花店老闆娘聞香鼠，只見她一對黑眼圈，打着大大的呵欠，看來也是一夜無眠……

我向辦公室走去，在霧氣中看到朋友柏蒂‧活力鼠騎着自行車駛來。我向她招手，可她打着呵欠一閃而過，壓根沒看到我。

呃，一陣奇怪的感覺襲上我心頭，似乎有誰一直在尾隨我……

就在這時，我聽到一陣翅膀撲棱的聲音：

撲棱！撲棱！撲棱！

我感到有誰在拍我的肩頭，我轉過身張望，卻只看到一團迷霧。

不過，我注意到地上飄着一根潔白如雪的羽毛。

我拾起羽毛。

咦，好**奇怪**！剛才拍我肩頭的究竟是誰呢？

可我來不及駐足多想，我必須火速趕往辦公室，我已經遲到得**太久**啦！

我跑得上氣不接下氣，總算抵達《鼠民公報》辦公室。

親愛的讀者朋友們，你們不會連《鼠民公報》都沒聽說過吧？我以一千塊莫澤雷勒乳酪的名義發誓，這可是老鼠島上最有名的報紙！

哦，咕吱吱，請你們原諒，我忘記了自我介紹啦……我名叫史提頓，**謝利連摩・史提頓**！我經營着《鼠民公報》！

呼……嚕嚕嚕嚕

我來到辦公室，還沒打開門，心頭湧起**非常、非常、非常奇怪的**預感……

我聽到了裏面傳來許多鼠一同發出陣陣的呵欠和**呼嚕聲**……

哇啊，天知道辦公室裏發生了什麼事？

我高聲和大家打招呼：「嗨……早安，朋友們！」

大家紛紛睜開眼睛，向我抱怨：「可惡，昨天我一夜沒睡……」

「可不是嘛，我還噩夢連連！」

「我夢到一身**黑色**的奇怪**仙女**！」

「我夢中聽到了古怪的音樂！」

「我也夢到了奇怪的黑衣仙女！」

「還有我，我聽到了銀色小提琴奏出的樂音！」

我的表弟賴皮總結道：「各位，我昨夜也做了同樣的**噩夢**。為何大家的夢境會一模一樣？你們不覺得很奇怪嗎？」

其他鼠七嘴八舌地發表評論。

我**安靜**地聽着，開始思索：這一切的幕後黑手，也許就是芙勒迪娜的邪惡孿生妹妹——

妮勒迪娜？

不會，這絕不可能！妮勒迪娜和黑仙女們住在**夢想國**，絕不會出現在現實世界！

這時，一個想法湧進我腦海：「對了，説到仙女……我已經好久沒查看仙女國皇后芙勒迪娜贈送給我的**仙人戒**了！」

我記得很清楚：我將它藏在**櫃子**的抽屜裏。它肯定還在那兒，因為整個妙鼠城，甚至整個老鼠島，都沒有誰知道我擁有魔法戒指這個秘密！

呃……

一想到戒指，我就無法心神安定⋯⋯於是我向大家告辭，趕回家中。一路上**霧氣**變得越來越濃！

　　空氣十分清冷，天空中布滿烏雲，北風吹得越發凜冽。

　　我回到家中，夜幕已經降臨。

　　就在這時，我又聽到了那奇怪的聲音：撲棱！撲棱！

撲棱！撲棱！撲棱！

　　我猛地回過頭，可背後空無一物。

　　不過，這一次，我注意到地上仍有一根

潔白如雪的羽毛。

濃霧中金光閃閃的雙眼

這刻，我憂心忡忡地尋思着：毫無疑問，有誰一直在尾隨着我！

我走進家門，用鑰匙將自己反鎖在屋內，努力抑制自己**緊張**的心跳。

我安慰自己喃喃自語：「咕吱，沒事啦，我總算到家啦！」

突然，我聽到一陣古怪的聲音。咚！咚！咚！似乎有誰在不斷叩擊窗戶！

？？？？是誰？？？？
？？是誰？？？
？？究竟是誰？？？？？？？

我的一顆心幾乎跳到嗓子眼，我靠近窗邊，緩緩拉開窗戶……

我尖叫起來：

「救命啊！」

只見窗外立着一隻身形巨大、潔白如雪的貓頭鷹。她用喙一下下地啄着窗户，兩隻金光燦燦的大眼睛緊盯着我。

她脖子上戴着一條金項鏈。

貓頭鷹撲動着翅膀……撲棱！撲棱！撲棱！

我立刻明白了：是她一直在濃霧中尾隨我！可她為何這樣做呢？

就在這時，我的耳邊響起一把聲音：「騎士，我是說王子殿下，呱……那東西還在你那兒嗎？」

我戰戰兢兢地回答：「誰……誰在外面説話？」

那聲音固執地嚷嚷着：「如果那東西還在你那兒，你把它藏哪裏啦？」

我嘟囔道：「什……什麼東西？」

那聲音不耐煩地説：「總之，你速速把它拿出

來呀，要迅速速速！以一千條蝌蚪的名義發誓，你還傻傻站着幹什麼？」

我終於想起這聲音來自誰啦：那就是引領我第一次漫遊夢想國的嚮導——老朋友癩蛤蟆賴嘰嘰！

我半掩窗戶，用手爪擁抱着霧中出現的輪廓，喃喃地説：「賴嘰嘰，是你嗎？真的是你嗎？」

我剛説完，鼻尖上就被鉗了一下，痛得我跳了起來，尖聲大叫。

「哎喲喲喲！」

哎喲喲喲！

咔嚓！

以一千條蝌蚪的名義發誓！

41

原來，那個夾住我的是我在夢想國的另一位老友——**寄居蟹**！

他朝我高聲叫嚷着：「喂！你這小子，要等多久才肯去拿那個傢伙？還不快跑去把那傢伙拿到手，然後和我們一起去那找那傢伙，她正在焦急地等着呢（意思是：*喂！你這騎士，要等多久才肯去拿那枚戒指？還不快跑去把它拿到手，然後和我們一起去那找仙女國皇后，她正在焦急地等待着呢！*）

我**嘟囔**着道：「呃，當然，稍後，我立刻，馬上就……」

就在此時，又一位老相識出現在我面前：

我熱情地招呼他：「老朋友，你最近還好嗎？」

可他生硬地回答我：「現在**十萬火急**，我可沒時間敘舊！快去啊，小老鼠，快去取戒指啊！」

我驚訝地問：「咕吱吱，什麼風把你吹過來啦？」

藍龍舉起**銀色寶劍**，嚴肅地對我說：「形勢嚴峻，十分嚴峻，可你還一無所知。現在我沒時間和你解釋，我們必須馬上行動。還不速速將**仙人戒**取來，我陪你一起去！」

我們快走！

幹嘛這麼著急？

藍龍

藍龍是海藍寶石守護人阿祖之子，曾陪伴謝利連摩一同歷險。他享負盛名，享有很多美譽：眾多神話中的英雄、思想純淨的王子、保護弱小的使者，以及伸張正義的俠客！

像墨水一樣黑的羽毛

我不安地向臥室走去，我打開燈，一邊拉開**櫃子**的抽屜，一邊說：「看吧，仙人戒就在這⋯⋯」

我的眼睛瞪得滾圓。

抽屜裏竟然**空空如也**！

藍龍望着抽屜，神情越發嚴肅了：「我可沒看到抽屜裏有任何戒指⋯⋯」

我着急地嚷嚷着：「可⋯⋯可⋯⋯它明明**應該**在這兒！」

賴嘰嘰從藍龍身後擠上前來，呱呱大叫：「別怪我說你，你居然把如此珍貴的寶物放在櫃子的抽屜裏？呱呱，你真叫我們**失望**！我們本認為你十分可靠，結果呢⋯⋯」

這可是一根烏鴉的羽毛！

他從櫃子旁發現了一根**黑如墨水**的羽毛，推理起來說：「這可是一根**烏鴉**的羽毛！」

這可是烏鴉的爪印！

他在櫃子旁再發現了一個爪印：「這可是**烏鴉**的爪印！」

隨後，他又在櫃子上發現了鳥兒的啄痕：「這可是**烏鴉**的啄痕！如此看來，偷走仙人戒的是一隻烏鴉。可這怎麼可能呢？」

這可是烏鴉的啄痕！

藍龍搖搖頭說：「這些不是**烏鴉**留下的痕跡。如此神秘古怪的犯案痕跡，只可能屬於……」

黑暗族裔 的 黑尾督

親愛的讀者們，如果你們想知道黑尾督是誰，請翻到後頁……

寄居蟹尖聲説：「你這小子的夥夥在哪裏？居然將如此夥夥的傢伙，放在櫃子裏？啊哈，這次蛤蟆説得有道理，你這個沒有夥夥的傢伙！」（意思是：你這傢伙的腦袋在哪裏？居然將如此重要的寶物，放在櫃子的抽屜裏？啊哈，這次蛤蟆説得有道理，你這個沒有腦子的傢伙！）

藍龍嚴肅地盯着我：「現在你必須和我們一起回夢想國，來彌補你犯下的過錯！」

隨後他解釋道：「黑尾督是妮勒迪娜**忠實的同盟**……聽説他們甚至締下了婚約……」

黑暗族裔的黑尾督

　　在女巫國的一棵巨大、盤根錯節的猴麵包樹上，住着333隻有如夜般漆黑的烏鴉，悄無聲息地隱藏在黑暗中⋯⋯牠們的喙如黃銅般閃閃發亮。牠們每個清晨都要把喙磨得如剃鬚刀般鋒利。牠們是騙子、小偷和假貨販子⋯⋯你們一定要留心：假如你遇到牠們中任何一隻，千萬別相信牠們，小心被騙哦！

　　牠們的統領者就是黑尾督，據說他有能力偷走任何一樣物品。顯然，在整個夢想國境內，沒有任何保險箱、密碼箱或安全鎖，可以防得住黑尾督！由於他擁有非凡的盜竊能力，妮勒迪娜便求助於他來盜竊仙人戒！

　　據說黑尾督具有超強的變身能力，可以隨時化身為烏鴉或騎士⋯⋯

　　我還聽說⋯⋯黑尾督是妮勒迪娜的未婚夫！

賴嘰嘰嘀咕說：「形勢**十萬火急！**」

我哆嗦着問：「為……為什麼這麼說？」

賴嘰嘰向我解釋：「你還沒明白嗎？仙人戒由極為純淨的水晶製成，誰擁有它，就擁有了巨大的能量！因此它絕不能落入邪惡之手！可是，咕呱呱，你居然輕易地將它給予小偷！都是因為你的錯，妮勒迪娜拿到了這枚戒指，從此打開了夢想國與現實世界連接的**大門**，並將自己的實力提高了上百倍！不久，她就會帶着女巫軍團，征服你們的現實世界！」

藍龍歎了口氣：「難道你沒發現嗎？今晨你的世界已經開始發生變化，難道你沒發現霧霾瀰漫了整個春天？**烏鴉**在空中飛來飛去？空氣中散發出硫磺的氣息？這些都說明法力已經開始顯現，可現在與不久後要發生的一切相比，只能算是微不足道。」

潛入黑暗旋渦

　　賴嘰嘰催促我：「你準備好了嗎？我們將要連夜飛行，預計黎明時抵達水晶宮。隨後，你將要上法庭……」

　　我嘀咕着：「上法……法庭？為什麼？」

　　藍龍難過地望着我：「因為仙人陪審團會當庭審問你。」

　　寄居蟹哇哇哭起來，把眼淚水抹在我外套的袖子上，順便拽過我的領帶，用來擦鼻涕。

咕吱！

哇哇哇！

「哇哇，今天是我所有傢伙中最難過的夥夥，我會來監獄探望你這傢伙，給你鼓舞夥夥，還會給你帶點乳夥，你喜歡什麼夥夥？軟夥夥？莫澤夥夥？還是巴馬夥夥？」（意思是：哇哇，今天是我所有日子中最難過的一天，我會來監獄探望你這傢伙，給你鼓舞士氣，還會給你帶點乳酪，你喜歡什麼口味？軟乳酪？莫澤雷勒？還是巴馬臣乳酪？）

賴嘰嘰一把捂住他的嘴巴：「閉嘴，你會嚇傻他的。千萬別告訴他在夢想國已是千夫所指，也別告訴他大家恨不得往他身上扔爛番茄，更不要告訴他：人們不再稱他為『正直無畏的騎士』和『仙人族的一員』，而是稱他為『無名氏』！誰叫他弄丟了仙人戒呢！」

藍龍捂住了他倆的嘴巴，「好了，你們別瞎嚷嚷了。別害怕，法庭會作出公正的裁決。即使很難讓法官相信，作為你的朋友，我會在法庭上為你申辯。現在趕快換衣服吧。你可不能西裝革履地前往夢想國。」

賴嘰嘰哼哧哼哧地拖來一個**大箱子**。上面刻着一行夢想國語*。他呱呱大叫：「喏，這是給你的，裏面全都是服裝**道具**。現在，你可沒法穿正直無畏的騎士服裝了，也不能打扮成仙人族王子了。因為你只是個無名小卒！」

這裏面全都是服裝道具！

*你能讀懂上面寫了什麼嗎？請參照第585頁的夢想語詞典。

寄居蟹插嘴道：「要我說，他應該打扮成蝦夥夥！(意思是：要我說，他應該打扮成龍蝦！)

龍蝦

賴嘰嘰反駁說：「要我說，他應該打扮成蛤蟆！」

蛤蟆

寄居蟹用大鉗彈了賴嘰嘰的鼻子：「才不呢，這傢伙應該扮成一團藻夥夥才好！」 (意思是：才不呢，這傢伙應該扮成一團海藻才對！)

海藻

賴嘰嘰不屑地呱呱嘴：「呱呱呱，你在說什麼呀？要我看，他應該扮成一朵睡蓮！」

睡蓮

他們倆你一言我一語，吵個不休，而且提出的建議越來越荒唐，直到藍龍大喝一聲：「夠了！無名氏的裝扮越低調越好！這樣才不會引人注意！」

無名氏的多種裝扮

呱 呱 呱

也許我應該扮成
一隻蛤蟆……

……或者一隻
綠精靈……

……或者一名
小仙女……

哎呀！

……再不扮成一名
雜技演員……

答案參見第586頁。

……要不，扮成一名貴族……

……或是一名女巫……

你能發現圖中哪個裝扮的謝利連摩手握金勺子嗎？

……要不，扮成一顆蘑菇……

呀！

喵~

……或一個小矮人……

……或者扮成一隻貓咪……

……或一隻兔子……

……或隨便一個旅行者……

……或一條火龍……

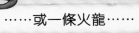

最後，賴嘰嘰遞給我一套旅行者服飾：一件**綠色長袍**，一頂扎着紅色羽毛的帽子，一件羊毛斗篷和一個**皮包**。

無名氏

我趕忙換上衣服，隨後賴嘰嘰拉開窗戶，我又聽到了熟悉的翅膀拍動聲：

撲棱！撲棱！撲棱！撲棱

我們騎到貓頭鷹的背上，把身子埋在牠濃密而溫暖的羽毛中。

隨後，她張開雙翅，伴着翅膀的上下翻飛，我們越飛越高，在雲間穿梭……

我們正在飛行，上空突然飄過一道**陰影**……

我定睛一看，原來是一隻巨大的烏鴉。牠的嘴**喙**有如**鋼鐵**般尖利，羽毛如墨水般漆黑，兩隻眼睛閃閃發亮。

牠張開一雙**尖利的爪子**，徑直朝我飛來，想要把我抓走。可幸藍龍眼明手快，操起寶劍刺中了牠的右翅。

烏鴉張開嘴，惡狠狠地咆哮：「**嘎嘎！**你居然膽敢襲擊尊貴的黑尾督！你會為此付出代價！**嘎嘎！**」

牠張開雙翅，猛力撲扇幾下，消失在夜空中……

你能找出圖中的貓頭鷹掉了多少根羽毛嗎？

答案參見第586頁。

轟 咖 轟 咖 轟 叮，噹

一 朵 雲 中 亞 雲

天 空 中

一 個 巨 大 的 黑 色 旋 渦

⋯⋯

，變 得 越 來 越 大

咕吱吱，那旋渦散發出一陣**蝙蝠的臭味！**

前往夢想國的旅途十分艱險，我們一路上在

暴雨、 **雷鳴**和**閃電**中穿行⋯⋯

一陣颶風揚起，把貓頭鷹一會兒吹到東，一會
兒刮到西，風中隱約傳來**黑仙女**們拉奏
銀色小提琴的樂聲。

直到黎明時分，我們終於在地平線望
見一座熟悉的建築——水晶宮。

進入夢想國

此章節記載了無名氏回到夢想國……開始追尋仙人戒，並歷盡種種困難的經歷。

夢想國地圖

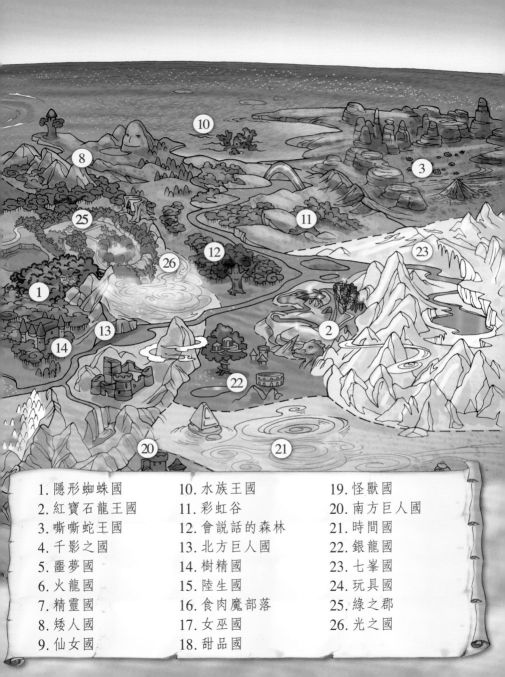

1. 隱形蜘蛛國
2. 紅寶石龍王國
3. 嘶嘶蛇王國
4. 千影之國
5. 噩夢國
6. 火龍國
7. 精靈國
8. 矮人國
9. 仙女國
10. 水族王國
11. 彩虹谷
12. 會說話的森林
13. 北方巨人國
14. 樹精國
15. 陸生國
16. 食肉魔部落
17. 女巫國
18. 甜品國
19. 怪獸國
20. 南方巨人國
21. 時間國
22. 銀龍國
23. 七峯國
24. 玩具國
25. 綠之郡
26. 光之國

仙女國

仙女們的
神奇世界

☆皇后芙勒迪娜的身分☆

　　她來自神秘而遠古的時間國，擁有無盡的未來。芙勒迪娜是仙女國的皇后。

☆仙人族長翅王朝☆

　　芙勒迪娜屬於夢想國的締造王族──仙人族的一員。而她的雙胞胎妹妹妮勒迪娜，投靠了黑暗勢力，成為了她最危險的敵人！

　　夢想國的居民深深敬仰芙勒迪娜，因為她全心全意守護着夢想國的和平。

☆正直無畏的騎士相助☆

　　夢想國曾幾度陷入危機，每次芙勒迪娜都會請求謝利連摩相助。為了報答謝利連摩，她授予了他「正直無畏的騎士」、「勇氣之星」王子等榮譽。他倆建立了深厚的友誼，謝利連摩願意用生命守護她。

☆仙人陪審團☆

　　儘管皇后芙勒迪娜法力無邊，她也必須遵守仙女國的法律，並聽從由仙女國德高望重的仙女組成的陪審團判決。仙女法庭的法官是道嚴仙女，她性格正直嚴厲。

仙女國法典

1. 每位仙女必須遵守仙女國的法律。

2. 每位仙女必須服從仙女陪審團的判決。

3. 每位仙女必須將自身的法力用於正道。

4. 仙女的法力越強，所承擔的責任也就越大。

5. 每位仙女必須守護夢想國，哪怕付出生命力量也在所不惜。

6. 每位仙女不得將夢想國的秘密透露給可能帶來危害之人。

7. 任何一位仙女一旦違反了上述法則，她將永遠失去自身的法力，並被終身流放出境。

無名氏沮喪地回來了

我們離水晶宮越來越近，我又一次見到閃閃發亮的塔尖、蔚藍色的塔樓和迎風飄揚的旗幟，這一切意味着她——我摯愛的皇后，仍住在宮中！有一剎那，我在一扇窗戶後依稀瞥見她的身影……

貓頭鷹徑直停在

前，那裏已聚集了密密麻麻的羣眾。

大家爭相往我頭上扔爛番茄，喊聲震天：「可恥，可恥，可恥！」

「看吧，就是他！」

「他就是無名氏，那個弄丟戒指的傢伙！」

「現在妮勒迪娜奪去了戒指，整個夢想國要陷入危機啦……」

「他居然把如此重要的鑰匙隨便放在櫃子裏……這個無名氏真是個**傻瓜**！」

「哎，芙勒迪娜真是信錯人了……」

這怎麼可能呢？曾幾何時，夢想國舉國上下都愛戴我……所有人都敬仰我……所有人都稱我為蓋世**英雄**……可如今呢，所有人都認為我是個**叛徒**！」

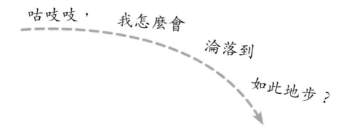

咕吱吱，我怎麼會淪落到如此地步？

藍龍揮舞着寶劍：「讓無名氏安靜一會兒，否則我對你們不客氣！」

你能在圖中找出芙勒迪娜皇后在哪兒嗎？

答案參見第586頁。

隨後，藍龍帶領我來到城堡後門。他敲敲門，一把尖細的聲音從門內傳來：「*吧唧，你們是敵是友？*」

　　藍龍答道：「是友！」

　　那聲音又試探道：「*吧唧，吧唧，那你們肯定有開門批文啦？*」

　　藍龍將一卷羊皮紙塞進門內：「開門批文在此……」

　　那聲音不依不饒：「*吧唧，吧唧，吧唧，那你們知道開門密碼嗎？*」

　　藍龍不耐煩地大叫：「我認識你，你是變色龍膿包！速速讓我進來，我

速速讓我進來！

是藍龍啊，難道你還不放行？」

就在此刻，門下面打開了一個小窗口，露出一個綠油油的小腦袋在窺探着，這面孔我很熟悉。他正是

變色龍
膿包！

他尖叫道：「吧唧，不好意思啦，不過考慮到目前情勢嚴峻，謹慎點可不是壞事！」

膿包

他是一條全身長滿膿包的小變色龍，能夠隨時根據環境改變身體顏色。過去他曾經為食肉魔和女巫國皇后做間諜，以換取他最喜歡的糖果！後來，他結識了謝利連摩，並多次協助他營救仙女國皇后！

這是芙勒迪娜的居所——
水晶宮殿的地圖。

白色貓頭鷹

星塵磨製
工作室

勇敢的心

仙女
廚房

樓梯

前廳

正　美　權　道　庭　真
義　德　威　嚴　正　實

守法

衣帽間

魔法大廳

蔚藍星國王

玫瑰溫室　　香水釀造室

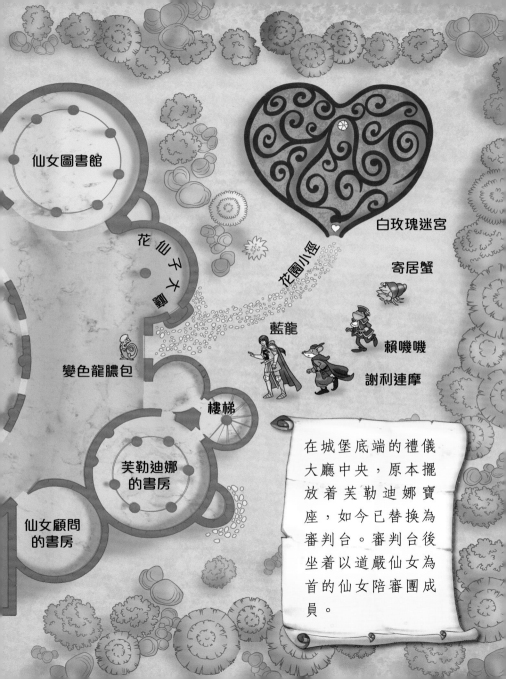

仙女圖書館

花仙子大道

白玫瑰迷宮

花園小徑

寄居蟹

變色龍臘腸包

藍龍

賴嘰嘰

謝利連摩

樓梯

芙勒迪娜
的書房

仙女顧問
的書房

在城堡底端的禮儀
大廳中央，原本擺
放着芙勒迪娜寶
座，如今已替換為
審判台。審判台後
坐着以道嚴仙女為
首的仙女陪審團成
員。

芙勒迪娜的密室

　　我心情沮喪地步入水晶宮，剛才國民的「歡迎儀式」可真是**糟糕透頂！**

　　藍龍帶領我一路走到長廊尾端，只見牆壁上掛着一幅**芙勒迪娜**翩翩起舞的畫像。

跟我來！

是暗道！

他四處張望，確認無人尾隨後，伸出手推那幅畫……

那幅畫居然旋轉起來，眼前出現了一條秘密通道，徑直通往神秘的仙女國皇后的**密室！**

空氣中瀰漫着一股玫瑰的芬芳……一位妙齡仙女站在我面前，她正是我**敬愛**的皇后！芙勒迪娜溫柔地問候我：「我的朋友，我們又在夢想國見面了！」

我單膝跪在她面前，親吻她散發出**玫瑰芬芳**的手。「陛下，我再次回到此地，是為了向你表明我的**忠誠！**」

她憂傷地看着我：「我毫不懷疑你的忠心，我的朋友。可如今你給夢想國帶來了巨大的災難……」

她歎了口氣，解釋道：「你辜負了大家的期望，沒有妥善**保管**仙人戒。要知道那可不是一枚普通的戒指……我以為你明白它的重要性……可惜，哎……嗚嗚……你居然將它輕率地放在櫃子裏抽屜裏！」

水晶宮

我的鬍鬚焦慮地**顫抖**：「可……可我從沒想過戒指會如此重要，妮勒迪娜居然能偷走它，否則我會把它鎖進保險箱，或銀行，或……」

　　芙勒迪娜淒然一笑：「我也有錯，我從未想過妮勒迪娜會有膽量穿越夢想國和現實的**邊界**，抵達你們的國土。」

　　她向我耳語：「我聽說妮勒迪娜已經買通了**女巫委員會**，推選她為新的女巫國皇后！」

如果我當時小心點……

我也有錯……

我驚訝地嚷嚷道：「可女巫國的皇后，不是

嗎？而妮勒迪娜一直是她的好友……」

　　芙勒迪娜憂鬱地說：「在女巫們的心中，從不存在『道義』和『友情』呢！妮勒迪娜一直在斯蒂亞的庇護下，她卻想要謀取斯蒂亞的王位……現在，她的實力**不容小覷**。她將仙人戒弄到手後，擁有比過去高百倍的魔力了。讓我先告訴你仙人戒的來歷，這樣你才會理解為何它對我們夢想國如此重要。」

　　芙勒迪娜開始娓娓道來：「以下是**仙人戒**的真正來歷，千萬不要相信除此以外任何人告訴你的故事版本……」

仙人戒的真正來歷

以下是仙人戒的真正來歷，千萬不要相信除此以外任何人告訴你的故事版本……

仙人戒的誕生

仙人戒是由仙人族的祖先——飛仙一世所設計的，並由仙人族御用的珠寶大師——喬奇矮人打造。

喬奇矮人先將夢想國各處地下蘊含的白銀集合在一起，作為鑄造這枚戒指的原料，從此它具有統領四方的魔力。之後，喬奇矮人將戒指放入夢想國境內所有火山口中熔煉，從此它的魔力能直抵人心。然後，他將戒指放入夢想國各處溪水中進行冷卻，從此它具備了水的純淨。接下來，他將戒指放在夢想國的風中吹乾，從此它的能量如風般無邊無際。最後，喬奇矮人將它設計成玫瑰花圖案，並用玫瑰花油將它擦得閃亮，從此它如盛開的玫瑰花般芬芳四溢。

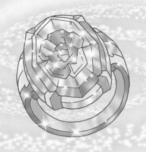

仙人戒的魔力

　　這枚戒指擁有水晶般純淨的力量，誰一旦擁有它，就能將自身的能量擴大百倍。因此，這枚戒指萬萬不可落入邪惡之手。它應一直由仙人族或其他心靈純淨的人來守護。

仙人戒的秘密

　　這枚戒指還蘊含一個秘密：它的造型擁有黃金分割比例，這也是萬物成長所遵循的美學規則……

都怪那個無名氏！

這時，一把聲音在水晶宮內迴盪，通知大家：

「仙女陪審團速速到場！

芙勒迪娜和無名氏也立刻出席法庭審判！」

芙勒迪娜示意我跟她同去：「我們走吧，我的朋友！你別擔心，仙女們一向維護**公正**，你一定能證明自己的清白。」

我焦慮地隨芙勒迪娜和她的朋友們穿過水晶長廊，一直來到寬敞的**禮儀大廳**。這裏已擠滿了渴望看到審判過程的民眾！

在大廳正中央擺放着一張水晶長桌，上面刻着一行夢想語寫着：「*仙女國法律面前人人*

平等。」**八位仙女**端坐在桌後的高背椅上。
其中，最年長的那位名叫道嚴，她擔任本次審判的
法官。此刻，她向我們發問：「芙勒迪娜和無名
氏，你們能否保證在此次審判中句句屬實，毫無謊
言？」

我們齊聲回答：「是的，我們在此宣誓！」

她宣布：「現在，請你們坐上被告席！」

是的，我在此宣誓！

你保證句句屬實？

法官道嚴仙女

91

禮儀大廳

可憐的芙勒迪娜!

都怪那個無名氏!

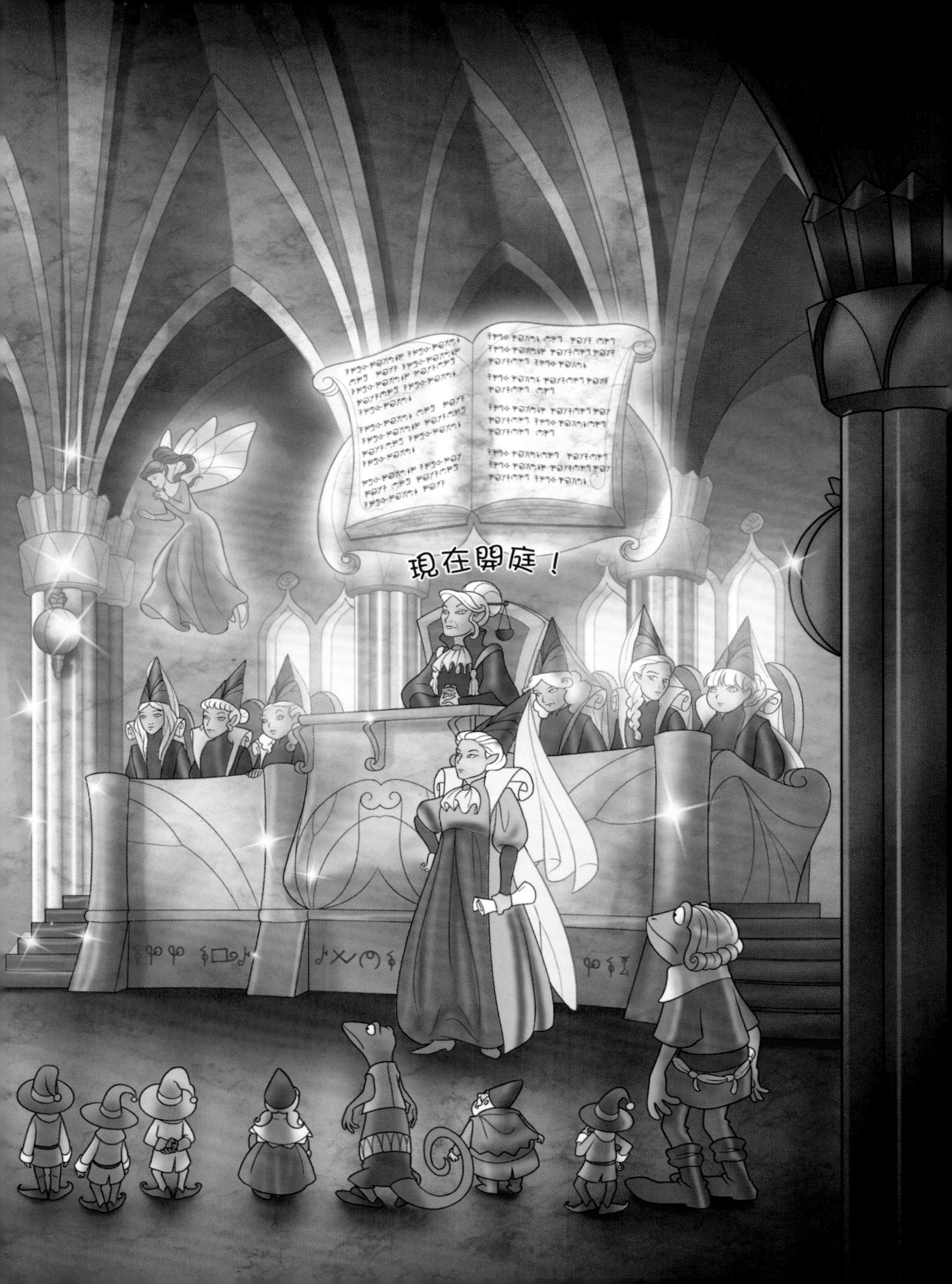
現在開庭！

芙勒迪娜一臉悲傷地坐了下來,道嚴仙女開始審問:「陛下,你將仙人戒託付給這位無名氏,**是否屬實?**」

芙勒迪娜低聲說:「沒錯,的確如此。」

道嚴仙女問:「那麼,你囑咐過這位無名氏好好保管戒指,**是否屬實?**」

芙勒迪娜歎了口氣:「沒錯。」

道嚴仙女繼續發問:「而他將這枚戒指帶到現實世界,將它放進櫃子的抽屜……正是由於這魯莽的舉動,導致妮勒迪娜輕易地**偷走**了戒指,這一切**是否屬實?**」

芙勒迪娜試圖為我辯護:「是的,沒錯。但這是我的錯,不應該由他承擔如此重大的責任。」

道嚴仙女不依不饒:「可陛下你熟知仙女法規第6條。

仙女法庭的長桌上刻着用夢想語書寫的一行字,你能讀懂上面寫了什麼嗎?請參照第585頁的夢想語詞典。

即：**每位仙女不得將夢想國的秘密透露給可能帶來危害之人！**

你一定清楚：任何一位仙女一旦違反了上述法則，她將永遠失去自身的法力，並被終身流放出境。」

大廳裏響起一片驚呼：「哇啊啊啊啊啊啊啊」

道嚴仙女開始向我發問：「你來自現實世界，具體點說：是來自老鼠島上的妙鼠城，**是否屬實？**」

我聲音發顫地回答：「沒錯，的確如此。」

「你在老鼠島上的名字是謝利連摩·史提頓，而在夢想國大家曾經稱你為『正直無畏的騎士』，並提名你為仙人族王子『勇氣之星』，**是否屬實？**」

我老實說：「沒錯，的確如此。」

95

道嚴追問：「你從仙女國皇后芙勒迪娜手中接過仙人戒，可並未將它妥善保管，而是放在櫃子的抽屜裏，*是否屬實？*」

　　我試圖申辯：「我本相信……認為……認為那裏很安全，所以才……」

　　道嚴厲聲說：「你認為隨便一個『櫃子』的某個『**抽屜**』是安全之地嗎？」

　　我嘟囔道：「是的，我……我本以為……」

　　道嚴下結論說：「戒指被偷走了，這足以證明櫃子抽屜**並非**安全之地，而**你**你必須承擔戒指丟

庭正　　美德　　真實　　正義

96

失的全部責任！」

我絕望地呼喊：「求求你，再給我一次機會吧。我會立即出發，哪怕走到天涯海角，也要將**仙人戒**取回來！」

民眾也為我求情：「再給他**一次機會**吧！」

道嚴仙女轉向其他七位仙女：「現在，輪到陪審團作出單一裁決：你們是否同意再給予無名氏一次機會？」

仙女們起身退席，進入旁邊的小房間商量起來。

| 仲裁 | 權威 | 守法 | 道嚴 |

秘密聯盟

在陪審團仙女們返回前，我走到芙勒迪娜面前，**滿含熱淚**地向她許諾：「陛下，我以自己的名譽發誓：我會補償自己犯下的過錯！」

芙勒迪娜低聲說：「只有一個方法補救：你必須動身尋找三位秘密盟友，想辦法取得他們的幫助。他們是

偉人蘭道夫

蠑螈智者

以及 甜夢太太

我不解地問：「我該去哪兒找他們呢？」

　　「首先，你必須前往*光之國*，那裏聚集了夢想國所有魔法師。而偉人蘭道夫、蠑螈智者，以及甜夢太太也住在那兒。」

偉人蘭道夫

　　我急不及待地說：「我馬上就出發！」

　　芙勒迪娜搖搖頭：「先別急，讓我告訴你：為何我會和這三位法力強大的魔法師結下*深厚的友誼*，並締結了……

蠑螈智者

秘密
聯盟！」

甜夢太太

秘密聯盟的由來

一千年前，斯蒂亞決定為自己選一位夫君，而她相中了偉人蘭道夫。

他是我理想的
丈夫人選……

我們兩強聯手，
就能統治夢想國！

斯蒂亞希望通過與他聯姻，將女巫和魔法師的力量結合在一起。

可是，偉人蘭道夫對她的提議毫無興趣。

可我無論對權力還是對你都沒興趣！

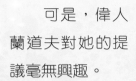

你好大的膽？我會讓你付出代價！

斯蒂亞惱羞成怒，決定向蘭道夫報復。

她召集女巫大部隊，向光之國發起猛攻⋯⋯

蘭道夫，竟敢拒絕我的愛，你會後悔的！

蘭道夫召集了光之國的所有魔法師，並向兩位法力強大的朋友求助：蠑螈智者和甜夢太太。

我們必須阻止女巫軍團！
她們本性邪惡，來勢洶洶！

可連他們也難以抵擋女巫們凌厲的攻勢……

她們攻勢太強，
恐怕我們抵抗不住了！

斯蒂亞的軍隊將光之國團團包圍，眼看她們就要取勝……

衝啊，我的勇士們！
勝利屬於我們們們們！

就在這時，芙勒迪娜出現了，她親自趕來營救陷於困境的魔法師……

我，仙女國皇后芙勒迪娜，命令你們全部退散！

從此，三位魔法師和芙勒迪娜建立了深厚的友誼，並結為盟友……

我們該如何感謝你呢，親愛的皇后？

秘密聯盟吊墜

芙勒迪娜向我講述了締結盟約的來龍去脈，她輕輕歎了口氣。

「好了，現在你該明白我為何如此信任這三位魔法師了。」

隨後，她取下脖子上戴着的一個**吊墜**。吊墜由四顆晶瑩剔透的水晶鑲嵌而成，散射出星辰般的璀璨光芒。

「當你見到我的朋友們，只需向他們展示這個吊墜，他們就會相信你！這就是秘密聯盟的信物吊墜——

仙女之光！」

芙勒迪娜向我解釋：「秘密聯盟中的每位盟

友，都持有一個相同的吊墜。無名氏，你要小心，千萬別把它弄丟了！這枚吊墜非常珍貴，它象徵了我們 **真誠的友誼**。它會在最黑暗的時刻帶給你慰藉。」

接着，她低聲說：「現在，讓我告訴你如何 **抵達** 光之國。你從仙女城出發，踏上光明希望大道，沿着太陽升起的方向，按照指向綠之郡的 **路牌** 前行。然後，你穿過綠柵欄，進入綠森林。沿着綠色小徑行走，直到你看到十二綠衞士之環。如果你能通過這道環的考驗，你就能進入

光之國ⵔⵔⵔⵔⵔⵔ」

芙勒迪娜將吊墜掛在我脖子上，並遞給我一張 **地圖**。我向她低語：「皇后陛下，我以自己的名義發誓：我絕不會讓你失望！」

105

仙女之光

　　這枚花朵形狀的吊墜由四塊如天空般湛藍的純淨水晶鑲成。它如鏡面一般,沒有什麼能夠阻擋它的光芒!它純淨的光能夠在遭遇黑暗時淨化主人的心靈和頭腦,使主人轉危為安。

芙勒迪娜、甜夢太太、偉人蘭道夫和蠑螈智者代表
着秘密聯盟的四種力量。

純淨

力量

夢想

智慧

芙勒迪娜

純淨

芙勒迪娜是仙女國皇后，象徵和平與歡樂
的女神，她統治整個夢想國，維護着王國的和
諧運轉。

她的肌膚散發出水晶般的光澤，她的頭上
戴着一個鑲有玫瑰花苞和璀璨鑽石的頭飾。

她的外表看來只是一位妙齡少女，但是，
實際上她的年齡如夢想國一樣沒有盡頭。

在秘密聯盟中，芙勒迪娜象徵着**純淨**。只
有純淨的心靈才懂得是非對錯，才能為夢想國
的和平與繁榮做出正確的抉擇。

偉人蘭道夫

力量

　　大家稱呼蘭道夫為偉人，因為他是夢想國中法力最高超的魔法師。

　　在過去的許多年裏，他一直致力於研究各類魔法，並在王國四處遊歷（並學會了夢想國的所有語言！）。

　　除了金色皇冠外，他總帶着一根神奇的魔法杖，一直不離身。這可是夢想國中最神奇的魔法杖啊！（只有蘭道夫才懂得如何操控它！）他還隨身攜帶一本珍貴的《魔法秘典》，裏面記載了他所研究的各類魔法技巧。

　　在秘密聯盟中，偉人蘭道夫象徵着**力量**。正因為他具有堅強的意志，才能在魔法之路越走越遠，而不被慾望所控制。

甜夢太太

夢 想

　　甜夢太太的肌膚像雪一樣白，嘴唇像珊瑚一樣粉紅，眼睛如矢車菊一樣蔚藍，頭髮如稻穗一樣金黃……

　　她的宮殿坐落在雄偉的夢之岩上，那裏終年雲霧繚繞。從未有人抵達那裏，但每個人都可自由地在腦海裏想像宮殿的外觀。

　　在秘密聯盟中，甜夢太太象徵着**夢想**。擁有夢想的人是幸運的，因為他們永不會喪失希望；擁有想像力的人是幸運的，因為他們能創造出他人望塵莫及的創意方案；沉浸在幻想中的人是幸運的，因為他們的夢想永遠多彩多姿！

蠑螈智者

智 慧

　　蠑螈智者生於千年國，他屬於蜥蜴族。他的皮膚又粗又硬，上面長着光亮亮的鱗片。如變色龍一樣，他能根據環境變色，甚至隱形。他是武林世界的大師，創立了「舌劍大法」，即憑藉聲帶的震動，吐出來的字能像利劍一樣刺中敵人。蠑螈智者武藝高強，他手持的木棍可以千變萬化，變成各種武器。

　　在秘密聯盟中，蠑螈智者象徵着智慧。他的智慧來自於千年道行的積累。他的知識包羅萬象，因為他親身看過、聽過或感受過，夢想國所有的青年都渴望得到他的指導。

就在此時，仙女們回來了。她們商議的結果將決定我、芙勒迪娜乃至夢想國的**命運！**

道嚴仙女宣布：「無名氏，請你抬頭恭聽仙女法庭的宣判！」

我的鬍鬚緊張地發顫，抬起頭來。

她高聲宣布：「無名氏，仙女法庭判定你需要為仙人戒被盜而承擔罪責。然而，本庭決定再給予你**一次機會……**你必須速速出發奪回仙人戒。倘若你在一個朔望月內，確切地說，在二十九天內無法歸還戒指，皇后芙勒迪娜就會被剝奪王位，並終身**流放**。屆時，將有一位新的國王或皇后接管她現在的位置。」

就在這時候，禮儀大廳的大門「砰」一聲開了，白鼬部落的 **宮廷內侍**

大搖大擺地走了進來……他全身披金戴銀，頭頂上戴着一頂滿是大鬈的假髮。他手裏搖着一盞 **金鈴鐺**，裝腔作勢地尖聲叫嚷：「夢想國的民眾，你們老實給我聽聽聽聽着！」

117

無信無義王朝的霸鼬王子

　　白鼬部落的宮廷內侍扯着嗓子宣布：「夢想國的民眾們，請允許我介紹聰明絕頂頂頂、身分尊貴貴貴、舉世聞名名名的⋯⋯

無信無義王朝的霸鼬王子

他還享有如下美譽：斑點皮毛至尊、毛皮斗篷殿下、金髮貴族、黑尾騎士、高額勇士、千次戰役（或者更多）英豪、多毛族保衛者、全體白鼬的守護神，但最最重要的是⋯⋯*他將成為夢想國王位的繼承者！*」

他停頓了一下，喘口氣繼續高呼：「與他一同前來的還有他的妹妹：出身高貴貴貴的

嬌鼬公主！」

這時，霸鼬王子昂首闊步地邁進大廳，他的全身皮毛似雪，只有尾巴尖是黑色的。他身上披着頂天鵝絨披風，腰間掛着一把刻有白鼬紋章的寶劍，手握着一根銀色權杖，另一手則挽着身穿玫瑰色絲綢禮服的嬌鼬公主。她的假髮上戴着鑽石皇冠，矯揉造作地揮動着一把金色扇子。

你們通通讓開！

我們來也！

無信無義王朝的霸鼬王子

搽着香粉的假髮
鑲金框的單邊眼鏡

散發着脂粉香氣的鬈髮

不懷好意的笑容

天鵝絨披風上縫着美人
魚海出產的珍珠

權杖上鑲有雞蛋般大
的粉紅珍珠

大拇指上套着
貴重的戒指

小拇指上
套着戒指

手杖

繡着姓氏的
花邊手帕

黑色的
尾巴尖

他的頭銜：無信無義王朝的霸鼬王子、斑點皮毛至尊、毛
皮斗篷殿下、金髮貴族、黑尾騎士等。

他的壞毛病：他總認為自己是夢想國中最聰明、最傑出，
最帥的美男子！他的權威不容置疑，否則他
就會立刻發飆。

他的弱點：他最愛吃薄餅，但是如果吃太多就會拉肚子。

他的秘密：他一直暗戀着浮華造作王朝的甜鼬公主。

嬌鼬公主！

- 搽着香粉的假髮
- 貼在臉上的假痣
- 翡翠項鏈
- 鑲着紅寶石的天鵝絨披風
- 昂貴的鑽戒
- 金扇子
- 鑲着鑽石的皇冠
- 不懷好意的笑容
- 看舞台劇用的小望遠鏡
- 帶花邊的小袋子
- 黑色的尾巴尖
- 錦緞衣服

她的頭銜：無信無義王朝的嬌鼬公主、任性姑。

她的壞毛病：她的脾氣很差，一直折磨她的侍女和未婚夫——怒鼬伯爵。

她的弱點：她十分愛慕虛榮，堅信自己是整個夢想國最尊貴、最典雅、最美麗的女神！

她的秘密：她有嚴重的口臭，因此總是一刻不停地嚼薄荷糖。

無信無義王朝的七尾鼬家族
響鼬姑姑，歌唱家
霸鼬王子
啦啦啦 啦啦啦！
噓！
哎呀！
怒鼬伯爵，
嬌鼬公主的未婚夫
皺鼬曾祖母，
真正的家族領袖
嬌鼬公主

霸鼬王子是無信無義王朝七尾鼬家族的第十三代繼承者。自夢想國創立到現在，無信無義王朝一直試圖篡奪夢想國的王位。他們努力隱藏着（儘管隱藏不住）試圖取代仙人族領袖地位的野心。

貴鼬奶奶，
珠寶收藏家

香鼬妹妹，
玫瑰收藏家

金融妹妹，
室內擺設的專家

繡鼬姑姑，
手工刺繡專家

嗯……

好香啊！

你們別動！！！

美鼬妹妹，
時尚潮流引領者

紋鼬姐姐，
研究家族紋章學的專家

文鼬嬸嬸，藝術家

王子的行李箱

1. 便攜寫字枱
2. 參加重要儀式的服飾（他已經做好加冕的準備啦！）
3. 七雙漆皮鞋，一周每天換一雙
4. 七頂假髮
5. 七條內褲和七件花邊襯衫
6. 梳洗用品
7. 銀餐具
8. 七件禮服
9. 七件睡衣
10. 純金打造的夜壺

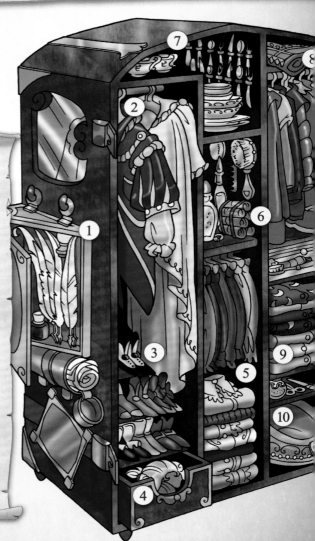

公主的行李箱

1. 參加重要儀式的服飾（她已經做好加冕的準備啦！）
2. 七件花邊裙子，一周每天換一件
3. 七雙漆皮鞋
4. 七件錦緞睡衣
5. 水晶杯
6. 盛滿忌廉熱巧克力和點心的杯子
7. 零食
8. 七頂假髮
9. 洗澡用品
10. 七件禮服
11. 眼鏡

新任國王？

霸鼬王子面向夢想國的民眾，用他尖銳的嗓子高喊：「夢想國的子民們，本鼬特此前來，是為了通知大家，我已經做好準備，擔任

夢想國的
新任國王了！」

此刻，芙勒迪娜的臉色變得慘白，他繼續宣布：「我已準備好，應該說非常好、不能再好了，成為新任國王！我的全套加冕服飾已經準備齊全：皇冠、披風、權杖，還有寶座！我還為加冕慶祝活動備好 請柬 和 薄餅 了！」

嬌鼬公主附和說：「呵呵呵！我的哥哥擔任國王，肯定比那個無能的仙女前任皇后好多啦！」

大廳內頓時響起一片嗡嗡議論聲。道嚴法官舉起法槌，「咚咚」砸在桌面上。

「肅靜靜靜靜！」

真糟糕！

鼓起勇氣來！

你能在圖中找出
有少個小矮人在
大廳裏嗎？

道嚴仙女轉向霸鼬王子說：「王子，謝謝你的提議，但我已經批准無名氏立刻出發，並給他一個月時間來追回戒指。如果他失敗了，我們會在夢想國重新選出一位皇后或國王。」

　　霸鼬王子爆發出一陣邪惡的**大笑**：「我尊貴的耳朵剛聽到了什麼？」

　　他指着芙勒迪娜大叫：「很抱歉，陛下，不過你可不值得信任……有傳言說你和妮勒迪娜勾結在一起……畢竟你們倆是**孿生姐妹**！」然後，他又誇張地指着我：「顯然，這隻小老鼠也不可信！」

　　他一下躥到我身旁，一把揪住我的鬍子，我尖叫起來：「**哇呀呀，我的鬍子！**」

這隻小老鼠不可信！

嬌鼬公主踩着我的尾巴：「沒錯，這傢伙絕對不可信。看他尖嘴鼠腮，一副叛徒的嘴臉……」

我痛得大叫：「哇呀呀，我的尾巴！」

你這叛徒！哼！

隨後，霸鼬王子用權杖猛擊我的腦袋，而嬌鼬公主則操起扇子拍在我耳朵上。

我尖叫道：「哇呀呀！」

嘗嘗這個……！

……還有這個！

我轉向道嚴仙女求助：「我向你保證：無論我是否拿到戒指，我都會回來⋯⋯我一定會回到這裏，以我的**榮譽**起誓。」

　　道嚴仙女以嚴肅的目光久久審視着我，隨後一敲法槌：「我從你的眼中看到了真誠。我道嚴——仙女陪審團的法官在此決定：無名氏立刻**出發**尋找仙人戒，限期一個朔望月必須歸來。」

　　霸鼬王子爆發出不滿的尖叫：「什麼？！我尊貴的耳朵剛聽到了什麼？！我可不同意！！！」

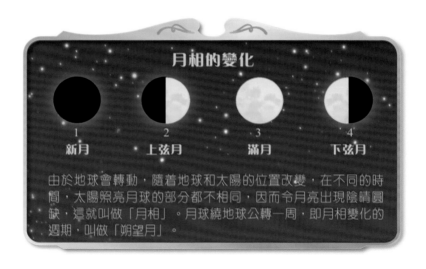

月相的變化

1 新月　　2 上弦月　　3 滿月　　4 下弦月

由於地球會轉動，隨着地球和太陽的位置改變，在不同的時間，太陽照亮月球的部分都不相同，因而令月亮出現陰晴圓缺，這就叫做「月相」。月球繞地球公轉一周，即月相變化的週期，叫做「朔望月」。

嬌韶公主附和道：「要我説，那**老鼠**不可能再回到這兒，最好現在就把他關進**大牢**……」

　　道嚴仙女命令他們安靜下來：「我已做出決定，就按照決定執行。」

　　庭審就此結束，仙女陪審團逐一退場。等待仙女們逐漸散去，**芙勒迪娜**擁抱我，説：「現在別耽擱時間了，快快出發吧。你可要小心，這次旅程漫長又艱險……」

一路平安！

我會準時回來的，皇后陛下！

　　我吻吻她的手，將她的微笑銘記在心間，隨後啟程前往光之國。

　　我能成功嗎？

　　還是會失敗？

　　我只確信一件事：就是我會為完成使命

竭盡全力。

無名氏的旅途

此章節記載了無名氏如何沿着光明希望大道前進，直到抵達綠之郡的經歷。

前往光之國

我懷着無比堅定的信念，決心為追回**仙人戒**竭盡全力。可要完成這個使命很困難、非常困難，甚至難於上青天，因為光之國隱形不可見。

幸運的是我手上仍有一條線索，那就是芙勒迪娜為我畫的

於是，我將斗篷一直提到下巴尖，將帽子拉低蓋住眼睛，並遮蓋耳朵，這樣就沒有誰能認出我啦。

我在隨身**包袱**塞進一些必需品，包括：一個小麵包、一片乳酪、一個錫杯、一把小刀、一隻匙子、一塊打火石、七枚仙女弗羅林幣……就這樣夠

了，區區一個無名氏還需要什麼呢？

我走出仙女城，踏上

光明希望大道

一路向東前行。

為了避免引來民眾的注意，我混在來來往往的夢想國旅行者當中。

大家都就審訊的判決消息議論紛紛。

「唉，再過一個月我們就知道芙勒迪娜是否

芙勒迪娜真可憐！

看他闖下的大禍！

都是他的錯！

都怪那無名氏

那個大傻瓜！

仍是我們的皇后……」

　「可惜了，芙勤迪娜人多好！」

　「她還那麼美！那麼慷慨！那麼善良！」

　「都怪那個無名氏！」

　「那個輕率的小老鼠闖了大禍！」

　他們說得沒錯：這一切都是我的錯！

　我很傷心，非常傷心……

　　　非常非常非常傷心！

我沿着大路行進了七天七夜。每當夜幕降臨，**可怕的乖夢**總是纏繞着我，我夢見無數的黑仙女翩翩起舞，奏出可怕的小提琴樂曲！**哦，那樂聲擾得我不得安寧！**

謝利連摩夢見許多黑仙女，你能在圖中找出多少個黑仙女嗎？

答案請見第586頁。

嘎！嘎！嘎嘎嘎！

　　於是，我開展了旅程，前往光之國，日子一天天過去……芙勒迪娜給我的食物早已吃光。我在路上飢腸轆轆，**焦慮**地冀盼着早日到達目的地！

　　正在這時，我看到了一位舊相識……這不是……

油油鴉嗎？

　　他也認出了我，聒噪地嚷嚷：「嘎！嘎！嘎嘎嘎！！！早啊，老鼠頭！哈哈，誰能想到我們又見面啦？不過，你不再是什麼正直無畏的騎士了……也不是什麼『勇氣之星』王子了……我聽說現在人人稱呼你為……**大傻瓜**？或是圓鼠頭？要不就是沒頭腦？

　　「啊哈，想起來了，現在大家都叫你『無名氏』！嘎！嘎！嘎嘎嘎！！！」

　　他和往常一樣饒舌個不停，我正打算買些食物，便客氣地回答：「你好啊，油油鴉。我正想買些**食物**，也許……」

　　他打斷我的話：「住嘴，我是說……嘎嘎！我知道你最需要的是什麼：新的喬裝服飾和道具！以一千條蟲子的名義發誓，就憑你那身旅行者裝束，就連剛孵出殼的小鴉都能一眼認出你是誰！」

油油鴉

　　油油鴉是夢想國裏最狡黠的烏鴉。他來自古老的烏油族——他們是夢想國內唯一忠誠於芙勒迪娜的烏鴉部落。油油鴉性格狡猾、十分貪財。他收藏了各式各樣的東西：什麼魔法小物件、龍族滅火器、矮人的鋤頭啦……他將這些東西都收進一個匣子裏，總是把它斜背在身上！

「當你進入綠之郡，你就會知道這玩意有多重要。這就是我要隆重推薦給你的：

二手蘋果樹道具服飾！

這件道具服裝上還逼真地附帶了蘋果、苔蘚、蠕蟲、蝸牛、紅螞蟻和鳥巢哦！我只賣你5個仙女弗羅林幣！**多划算啊！你過了這個村，就沒這個店啦！**」

為了說服我，油油鴉掏出一張**告示**。我看到我的頭像印在告示上，下方印了一行夢想語*文字！

油油鴉向我擠擠眼：「怎麼樣，你需不需要我的道具嗎？」

*你能讀懂上面寫了什麼嗎？請參照第585頁的夢想語詞典。

我辯解說：「其實我只需要購買一些食物……」

他嘿嘿一笑：「這樣吧，我再給你個優惠：這個道具我只賣你5個弗羅林幣。如果你再給我2個弗羅林幣，我就把自己的乾糧給你！我還送你一本油油鴉家傳食譜作為贈品……

嘎嘎嘎，你過了這個村，就沒這個店啦！」

我同意了，並將芙勒迪娜贈給我的全部錢——7枚弗羅林幣交給他。

他幫我套上了那身蘋果樹道具服飾，囑咐我說：「小心點，別隨便彎腰，不然樹上黏着的**鳥蛋**會從巢裏滾出來！」

他遞給我一個小包袱，裏面裝着他的乾糧：「我要送你個忠告……免費的哦！小心看管你的袋子……等你進入綠之郡，你就會被一羣偷偷摸摸的傢伙包圍！」

我**擔憂**地問：「那些傢伙長怎樣的？我怎樣才能認出他們來？」

蘋果樹道具服飾

蘋果

鳥巢

袋子

紅螞蟻

小鳥

苔蘚上爬了滿
蠕蟲和蝸牛

　　油油鴉冷笑說：「以一千條蟲子的名義發誓，你是不可能發現他們的，傻瓜蛋！他們是身披**綠葉**的小精靈……也許他們外表像你一樣傻，可不到一秒鐘的功夫，你的袋子就被他們搶走啦！」

　　油油鴉撲一撲翅膀起飛了：「嘎嘎！能騙……我是說，能和你做成**買賣**，我很開心，無名氏！」

　　他的身影在天空飛遠，我打開他留給我的乾糧小包袱想要品嘗……然後嚇得把身上的蘋果都搖下來啦！

咕吱吱！總算可以有東西吃了！

這些是什麼啊……

以一千塊莫澤雷勒乳酪的名義，裏面都是些烏鴉愛吃的食物！

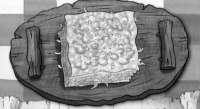

塗滿蚯蚓忌廉的
蒼蠅餡千層餅

罐裝蠕蟲
蜜餞

蟑螂果醬

蠕蟲
凍果醬

螞蟻忌廉餡餅

多毛
蜘蛛果凍

沒有一樣適合鼠吃的食物！

蒼蠅果凍

拌活蠕蟲醬的
腐爛乳酪

蒼蠅夾心麵包

蚯蚓串燒

果蠅醬

油油鴉家傳的

蟑螂醬拌蒼蠅麵

第一道
經典菜

（這道菜已換成番茄橄欖醬拌意大利麵，
做法是參考油油鴉的家傳食譜！）

材料：（四人份）

350克意大利麵，6湯匙番茄醬、1湯匙橄欖醬、一瓣大蒜、乳酪粉、一根歐芹、2湯匙特級初榨橄欖油，以及黑胡椒粉、鹽、白開水適量。

做法：（小朋友，請讓身邊的大人來幫忙！）

- 先把意大利麵煮至半熟，期間準備製作汁料。
- 把大蒜剝皮，然後把歐芹切碎備用。
- 燒熱平底鑊，下橄欖油，把大蒜炒香，然後加入番茄醬炒約數分鐘。
- 加入歐芹、橄欖醬和灑下鹽和適量黑胡椒粉調味，（如喜歡的話，可加香料）然後加入2湯匙白開水攪拌，以慢火煮開。
- 在醬汁中加入橄欖油和意大利麵翻炒拌勻幾分鐘便完成了。

- 把麵條盛上碟後，再撒上乳酪粉，就可以享用啦！

烏鴉食譜

蚯蚓醬拌蟑螂肉丸

（這道菜已換成番茄醬拌肉丸，
做法是參考油油鴉的家傳食譜！）

第二道
經典菜

材料：（四人份）

500克牛肉碎、150克意大利肉腸、500克豬牛肉混合香腸、120克
乳酪粉、2隻雞蛋、4勺麵包糠、1個中型洋蔥、番茄醬2湯匙、歐芹
和肉豆蔻粉適量、牛油約2湯匙、牛奶和水約200至300毫升。

做法：（小朋友，請讓身邊的大人來幫忙！）

- 將牛肉碎、意大利肉腸和豬牛肉混合香腸絞碎成茸，然後把洋蔥
  和歐芹切碎備用。
- 在肉碎中加入2隻雞蛋、麵包糠、乳酪粉、肉豆蔻，以及歐芹碎
  拌勻，然後加入牛奶和水至濕潤。
- 加入適量肉豆蔻粉、鹽和黑胡椒調味。
- 用湯匙或手把肉碎混合物拌勻，並搓成一顆顆大小差不多的肉丸
  備用。
- 燒熱平底鑊，下適量牛油，把
  洋蔥炒至金黃色後，加入番茄
  醬炒熱。
- 最後，加入肉丸煮熟，約30分
  鐘即成。

油油鴉的冷笑話

狼來了。猜一水果名:
楊桃(羊逃)。

**我們吃進肚子裏的辣椒,它在小腸裏
被吸收,然後會變成什麼呢?**
辣(臘)腸。

媽媽問小話梅:那裏不舒服啊?
小話梅說:我總覺得自己渾身酸酸的。

**茄子突然打了個大噴嚏,
它生氣地說:**
他們又在拍團體照了!

**頭髮小姐愛上了剪刀先生,
問:「為什麼你不理我呢?」**
後來⋯⋯剪刀先生就理了她。

蔬菜們要跟水果打仗，
蔬菜們投票推選大蔥出戰。
大蔥問：「為什麼選我呢？」
因為你是大蔥戰將（衝將）啊！

兩隻香蕉走在路上，走在
前面的香蕉熱得脫掉了衣服⋯⋯
結果，後面的香蕉就跌倒了。

我走着走着覺得腳好痠哦，
低頭一看⋯⋯
原來踩到一個檸檬。

某天，一粒牛筋丸走在路上，
突然大叫：
「哎呀，我抽筋了！」

你知道西瓜、冬瓜，
哪一種適合當偵探嗎？
冬瓜，因為「冬瓜茶」（查）。

陷入綠色噩夢的旅程

　　我空着肚子，身上套着笨重的蘋果樹道具服，頭頂着鳥巢和包袱，就這樣進入了

綠之郡。

　　我一路上渾身顫抖，因為身上的蘋果樹道具服飾太不舒服啦！

　　粗糙的樹皮磨破了我的皮膚。

　　蠕蟲想鑽到我的耳朵裏做窩。

　　樹上的鳥不斷地啄我的腦袋。

　　紅螞蟻不停地蟄着我的尾巴。

哎呀!

　　在日落時分，我終於在路上的一側發現了一塊**木牌**，上面刻有用夢想語*書寫的一行文字……看來我沒有走錯路！

　　木牌指向一條通往林間的小徑。

*你能讀懂上面寫了什麼嗎？請參照第585頁的夢想語詞典。

於是，我離開王路，逐漸步入戊密的林林。森林**大樹**聳立如雲，勉強透出幾縷陽光。落葉宛如一張地毯，蓋住森林小徑，使得前方的路看上去更加狹窄……而森林變得更加陰森濃密……很詭異！很可怕！真恐怖啊！

請接第587頁。

在第三天黎明時分，我來到一片林間空地。不知何故，這地方使我**毛骨悚然！**

我感覺有誰一直在觀察着我，可四下張望卻空無一人！

我感覺有誰在拉我的尾巴⋯⋯揪我的鬍鬚⋯⋯擰我的耳朵⋯⋯

可當我轉過身，什麼都看不見！

我只聽到樹葉的沙沙聲⋯⋯

就在此時，恰巧在此時，有誰猛然搶走了我的袋子！

原來，我所在的這片空地，就是

剪徑大盜精靈林！

剪徑大盜精靈

他們居住在綠之郡。他們的國王生薑哥是精靈國國君——嚕嚕王朝的味噌國王的表弟。

這羣精靈性格乖張跋扈，以至於精靈國的其他精靈都無法容忍他們，將他們放逐到綠之郡。

他們很擅長利用綠葉縫製衣服，因此可以完美地偽裝隱身在叢林中，他們藉此經常搶奪過路人的財物。

剪徑大盜精靈國王　　　　剪徑大盜精靈皇后

剪徑大盜精靈

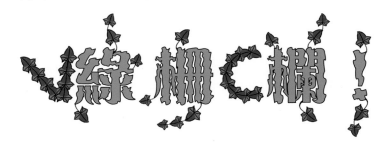

可幸的是，秘密聯盟的信物——仙女之光吊墜仍安然無恙地藏在我身上！剪徑大盜精靈沒能搶走它！

我繼續前進……前進……前進……直到我來到一棵巨樹面前，它粗壯的枝椏交錯縱橫，形成了一道高聳的柵欄：原來這就是綠之郡的

綠 柵 欄 ！

綠之郡

此章節描述了無名氏如何翻過綠柵欄，進入了綠之郡，並遇見綠色家族的經歷。

神秘的綠之謎

綠柵欄大門緊閉！我該如何翻過它呢？

我怯生生地問：「請問……裏面有人嗎？我能進去嗎？」

不知為何……我感覺綠柵欄一直在

觀察我……

以一千塊莫澤雷勒乳酪的名義……綠柵欄似乎有生命！忽然間，綠柵欄裏傳出低語聲：

「閣下下下下，你是誰誰誰誰……你的職業是什麼麼麼麼……你為何而來來來……」

我嚇得尖叫說：「咕吱吱，是誰在講話？」

「是我我我我……綠柵欄欄欄欄……而你又是

誰誰誰誰……？？？」

我喃喃地說：「我是騎士，呃，我是說……曾是一位騎士，也是一位王子。不過，現在我只是個**無名氏**……我為了皇后芙勒迪娜來到這裏！你能讓我過去嗎？」

「無名氏氏氏氏……你若想過去去去去……必須猜出出出出……我的綠之謎謎謎謎！」

我回答：「我準備好了！」

綠柵欄立刻向我拋出問題：

「沒有誰見過他的根系，
沒有樹勝過他的身高。
他筆直地向天空聳立，
卻再也不會成長發育。」

咕吱吱，這道謎語也

太難了！

我一頭霧水，十分懊惱：「嗚嗚嗚，我一點頭緒也沒有，難道謎底是⋯⋯大樹？雲杉？洋薊？乳酪？」

可無論我說什麼答案，綠柵欄的大門仍緊緊關閉！

就在這時，停在我蘋果道具樹杈上的鳥兒說話了：「無名氏，你慷慨地賜予我們棲息地和食物，因此我們會告訴你⋯⋯綠之謎的謎底作為回報！」

接着，鳥兒們齊聲在我耳邊低聲說出謎底。

隨後，我高聲說出答案，綠柵欄的大門立刻敞開了，伴隨着一把低沉的聲音說：

「歡迎迎迎⋯⋯
進入⋯⋯
綠之郡」

綠之郡

你能幫助謝利連摩找出一條通往綠衛士之環的正確路線嗎？

謝利連摩

答案參見第587頁。

1. 鞭抽綠森林　　5. 跳躍綠森林
2. 棍打綠森林　　6. 絆腳綠森林
3. 撕咬綠森林　　7. 陷阱綠森林
4. 叮咬綠森林　　8. 綠衞士之環

七座綠森林

我終於進入了綠之郡，激動得心臟撲通撲通狂跳。我來到了第一座綠森林——**鞭抽綠森林**。

這裏的所有樹，外型看似垂柳，長長的枝條一直垂到地上：當我走進森林裏，它們就開始搖晃起來，一根根長枝條來回抽動着，就像抽打鞭子一樣！

我終於明白這個森林得名的原因了……森林中的一棵棵樹木都在搖曳抽打，難怪這裏會被叫做「鞭抽綠森林」！

啪！ 啪！ 啪！

我飛快地穿過此地，鑽進下一座森林——**捶打綠森林**！

這一次，森林裏的樹枝看上去很幼細……可是，它們卻像堅硬的棍子般結結實實地打在我的頭上！

咚！咚！咚！

此時，我突然發現，路邊長着一些奇怪的灌木，上面有一朵朵紅色的大花兒盛開着……然而，這些花兒竟長滿了一排排鋒利的牙齒！

原來，這裏就是**撕咬綠森林！**

這裏的花朵們會張大嘴巴兇狠地嘶咬東西，真是一如其名！我嚇得鬍鬚亂抖，高聲尖叫：「救命啊啊啊，我快沒命啦！」

咔嚓！咔嚓！咔嚓！

我飛快地逃進另一座綠森林，我欣慰地喘了口氣：「哎唷……我終於得救了！」

可不一會兒，我感覺有東西在蟄我的尾巴！

原來，我進入了**叮咬綠森林！**

這裏的灌木不斷叮咬我，難怪因而得名！

森林裏到處都是尖利細長的荊棘刺！咕吱吱！

叮！叮！叮！

以一千塊莫澤雷勒乳酪的名義，這座森林比之前所經過的四座更可怕：這裏的每棵巨大的樹木居然都會走動……而且它們的性格十分暴躁……

我真命苦啊，到底前方還有什麼倒霉事在等待着我呢？

我很快就被發現了！

就在此時，**地面震動起來……**

只見一棵棵巨型的大樹長有非常粗壯的樹根，它們邁着大步向我衝過來：原來我來到了**跳躍綠森林**！

撲通！撲通！
撲通！

我沿着這裏有如迷宮一樣錯綜複雜的小徑抱頭鼠竄,結果摔得四腳朝天!

我定睛一看,才發現這裏的大樹根系發達,它們把樹根伸出地面上,不懷好意地將我絆倒!原來我來到了**絆腳綠森林**!

嘭!

我繼續向前走了一會兒,森林裏漸漸重歸平靜,看來危險已經過去了。

然而,我腳爪下附近的地面突然瞬間裂開了,出現了一個個深不見底的地洞!

原來,這裏就是**陷阱綠森林**。整個森林好像正在向我張開血盆大口,恨不得將我吞進地下深洞!

吧唧! 吧唧! 吧唧!

綠之郡的七座綠森林

鞭抽綠森林

這裏的樹木有如鞭子般有力的枝條而聞名夢想國，大家最好離它們遠一點！

呀！

捏打綠森林

這裏的樹木個性魯莽又冷酷，喜歡用韌性十足的樹枝暴打過路人！

哎唷！

救命啊！

撕咬綠森林

森林裏的花朵長着刀鋒般的利齒，它們最喜歡吞食鼠肉啦！

叮咬綠森林！

這裏的樹木長着又長又尖的荊棘刺，它們最喜歡蟄過路人啦！

嗚嗚！

跳躍綠森林

這裏的樹木，樹根十分有力，蹦跳起來比獨角獸奔走的速度還要快！

快逃！

絆腳綠森林

這裏的樹木根系發達，性格難以捉摸、十分淘氣。它們最喜愛的遊戲，就是把過路人絆倒！

唉喲！

陷阱綠森林

這裏的樹木會布下陷阱、誘捕獵物隨後將它們吞進肚子……它們是夢想國最危險的植物！

哇呀！

我左衝右突，上躥下跳，總算逃離了一座又一座綠森林。咕吱吱，好險啊！

　　從森林裏活着出來的感覺真好！我坐在路邊稍作休息。

　　我看見不遠處長着嬌艷欲滴的，且

大大顆的覆盆子。

　　我的口水都快流成河啦！

　　自從我吃掉了攜帶的乾糧，我已經很多、很多、很多天沒有填飽肚子啦！

　　我邁開大步，朝覆盆子叢走去……

就在此時……

小老鼠，別要滑頭！

三棵栗樹向我厲聲大喝：「站住，圓鼠頭！」

「我們剛才已經注意到你，一直盯着你好一會兒了！」

「別要滑頭，小老鼠，我們早就發現你只是披着個樹皮**道具服飾**的老鼠！」

我結結巴巴地問：「可……可你們是何方神聖？」

它們趾高氣昂地回答：「老鼠，我們就是

三棵大栗神！」

「在我們面前，你可要老實點，否則我們會從土裏刨了你，或者連根拔了你，再不就讓你葉子掉光光……我們還能摘掉你的皮，拔掉你的芽，剪短你的枝！**別要滑頭，你這小老鼠！」**

我當下嚇得不敢動。

三棵大栗神

　　在綠之郡，三棵栗樹長着強壯有力、四處綿延的根系，因此它們被大家尊稱為……傳奇的三棵大栗神！

　　它們三兄弟都長着粗壯的樹幹、強健的枝條和樹上結滿了刺殼板栗！偉人蘭道夫向三棵大栗神施了一道「脱根術」，從此它們可以從地裏拔出樹根，並能夠自由地行走，甚至奔跑！它們是綠之郡的巡邏小分隊，負責維護綠之郡的公共秩序，確保一切都遵照綠法規進行！三棵大栗神的名字分別是高大栗、壯大栗和矮大栗。它們來自赫赫有名的大栗家族，這個家族一直向偉人蘭道夫提供最新鮮的板栗……蘭道夫最喜歡製作板栗糖，而且還獨創了一道栗子甜品——栗子忌廉蛋糕！

高大栗　　　　　　壯大栗　　　　　　矮大栗

栗子忌廉蛋糕

材料：一個6寸海綿蛋糕：蛋黃3隻、砂糖25克、牛奶50克、牛油25克、低筋麵粉55克、甜忌廉200克；蛋白霜：蛋白3隻、砂糖30克；栗子蓉：糖30克、牛油18克、淡忌廉20克、栗子約12粒

做法：（小朋友，請讓身邊的大人來幫忙！）

- 把低筋粉過篩一次備用。
- 把蛋黃、糖、牛奶及牛油拌成糊狀，再拌入麵粉直至沒有顆粒。
- 在一個大碗中加入蛋白（記得大碗和打蛋器均不能沾水或油），用打蛋器快速攪拌，過程中分三次加入砂糖，直至打發起泡。
- 把焗爐預熱至160度約10分鐘。
- 把蛋白霜分三次，加入麵糊中輕輕拌勻。
- 把麵糊倒進蛋糕模中，烤焗40分鐘，直至變成金黃色，然後把蛋糕模倒扣，放涼備用。
- 把栗子煮熟去殼，然後把栗子肉壓成蓉，加入糖、牛油、淡忌廉拌勻。
- 把海綿蛋糕切成3片，在一片海綿蛋糕上抹上適量淡忌廉和少許栗子蓉，重複此步驟兩次，並在蛋糕外圍抹上淡忌廉至平滑。
- 把栗子蓉倒進擠花袋中，在蛋糕面上用圓形小口唧嘴來回擠出栗子蓉。
- 最後，在蛋糕中央放上栗子作裝飾即成。

「怎麼了，我做錯什麼了嗎？如果是這樣，我
向你們道歉……」我戰戰兢兢地問。

三棵大栗神一邊用枝杈互捅胳膊肘，一邊哈哈
大笑。

「哇哈哈哈，你這小老鼠居然問我們『自己做
錯了什麼』！

哇哈哈哈！哇哈哈！哇哈哈哈！哇哈哈哈！

你應該問的是『自己做對了什
麼』，這樣我們才好回答你
啊……」

高大栗一把**揪住**
我的耳朵：「你這小
老鼠，進入**夢想國**
後你闖下了不少禍，
對吧？」

唉喲喲！

183

矮大栗則用栗子殼**扎**我的屁股：「冒失鬼，你竟然把那枚多麼重要的戒指弄丟了⋯⋯」

唉喲喲喲！

然而，壯大栗猛地**踩**着我的腳爪：「小傻瓜，我們早已摸清了你的底細，大家都知道你闖下大禍！」

隨後，他狠狠搖晃我：「你是不是**亂丟垃圾**了？你把垃圾都丟哪兒了？比如廢紙啦？瓶子啦？紙箱啦？」

我嘟囔着說：「我從不亂扔垃圾，所有的垃圾都裝在隨身袋子裏了！」

唉喲喲喲喲！

三棵大栗神齊聲追問：「那你有生過

火 吧？你有沒有隨意亂丟火種？老實交代，你這隻小老鼠！」

我趕忙否認。

「我以小老鼠的名譽發誓：踏入綠之郡後，我從沒在森林裏生過火！」

它們仍然不依不饒地審問着：「哼，可我們明明看到你看着**覆盆子**垂涎欲滴……你是不是想摘森林的果子吃啊，小老鼠？」

　　我趕忙為自己辯解：「我承認：我當時很餓。一看到這些覆盆子，我的口水都流下來了……可我畢竟沒有吃它們啊！」

　　三棵大栗神中的一棵抽着我的尾巴，將我頭下腳上倒轉提起來，尖聲呵斥着：「但你當時是想吃掉它們，對吧？你難道不知這裏是**禁止**採摘果實的嗎？哼哼，你這無知的小老鼠，莫非你什麼都不知道？現在我們要商量下如何處置你。我們要給你一點顏色看看！讓你今後再也不敢碰我們的覆盆子！」

　　我憤怒地大叫：「夠了！！！

我熱愛大自然，

也尊重大自然！我並沒有偷吃覆盆子！現在我請求你們放我過去！我肩負着重要的任務，必須速速抵達綠衞士之環！」

　　三棵大栗神開始竊竊私語，隨後一起轉向我。

　　「好吧，看在你只是想吃，卻沒有吃的份上，我們放你走！」

啊，踏入綠之郡的旅行者們，由花草植物組成的綠色家族歡迎你們的到來！不過，綠色家族也要提醒你們：記得愛護大自然！你們無論身在何方，都需要遵守綠法規！因為綠色家族的身影遍布各處！一朵花、一棵樹、甚至一株小草，都是綠色家族的成員！

綠法規
適用於綠之郡

1. 禁止踐踏小草。
2. 禁止採摘花朵和果實。
3. 如果未獲批准，禁止採摘蘑菇。
4. 禁止割開樹皮。
5. 禁止在森林中生火。
6. 禁止亂扔垃圾。
7. 禁止偏離規定的步行路線。
8. 禁止打擾在綠之郡生活的動物。
9. 禁止在綠之郡製造噪音。
10. 禁止污染綠之郡的空氣、水源和土地！

「不過，我們會一路押送你到綠衛士之環，以便監視你，並確保你不會破壞森林！等你到那兒以後嘛，監視你的就是……

綠衛士們！

就這樣，我在三棵大栗神的護送下，終於抵達了綠衛士之環。

三棵大栗神把我往綠衛士之環一推，説道：「去吧，小傻瓜，從現在開始，就輪到那些傢伙看管你啦！」

它們中的一個遞給我一包**栗子肉**。

「等你見到偉人蘭道夫，記得代表我們把這包栗子送給他，並向他轉達三棵大栗神的問候！你聽懂了嗎，小**傻瓜？**」

另一個在我嘴裏塞了

一大把栗子肉，嘟囔說：「這把栗子給你吃！這可不是你應得的獎賞，而是我們對你的**恩賜**，要牢記我們三個對你的好，你聽懂了嗎？」

我趕忙向他們道謝，隨後嚼着栗子肉，跨進了綠衛士之環！咕吱吱，我必須承認，栗子肉可真**好吃**啊！

綠衛士之環

綠衛士之環位於綠之郡的盡頭，它是由

十二棵古老的櫟樹

圍成的一道魔法圓環，若隱若現地隱藏在神秘的濃霧中⋯⋯

這些大樹已經歷了千年滄桑！

這些櫟樹的樹幹又粗又壯，樹枝縱橫交錯，葉子繁茂昌盛。

一陣微風吹來，十二棵大樹的葉子窸窣作響，似乎在發出喃喃的低語。

我逐漸靠近這些古樹，心中牢記芙勒迪娜在我臨行前的囑託：要努力與它們溝通⋯⋯

綠衛士之環

　　它們是獨一無二、活生生的古樹！它們通過樹葉的窸窣聲交談。在滿月之夜，它們會變身為光之魔法師。偉人蘭道夫在光之國的入口種下了這些大樹作為守衛，只有那些通過它們考驗的旅客才能進入光之國！

以下是這十二位綠衛士的名字！

綠枝兄：最受歡迎的魔法師

多櫟妹：最纖弱的魔法師

壯葉士：最強壯的魔法師

剝皮俠：最嚴厲的魔法師

綠芽姑：最活潑的魔法師

大葉嬸：最慷慨的魔法師

柔葉孩：最年輕的魔法師

粗幹叔：最果斷的魔法師

捲葉姐：最青蔥的魔法師

深根伯：最有智慧的男魔法師

橡實娘：最有智慧的女魔法師

歡枝娃：最開心的魔法師

「呃，你們好啊，該怎樣稱呼各位大師比較好？高貴的櫟樹們，英明神武的綠衛士們，或者……親愛的植物界朋友們？我雖然化妝成了一棵樹，其實我是一隻小老鼠，我名叫**無名氏**，芙勒迪娜派我來完成一項重要任務。

「為此，我請求你們⋯⋯呃⋯⋯放我進入⋯⋯

光之國，

因為偉人蘭道夫是該國度的領袖，而我需要和他面談⋯⋯」

聽了我的話，十二把聲音齊聲回答：

「若想進入光之國，

綠衛士之環先通過⋯⋯

十二棵櫟樹圍成環，

我們的考驗試試看？

你若通過我們定放行，

敢問你心靈是否純淨？

你對芙勒迪娜是真感情？

偉人蘭道夫早立下規矩，

沒有誰可以輕鬆進門來！」

我不耐煩地說：「好，我知道了，我肩負着重要的任務，可以走了嗎？我可以進入光之國吧？」

櫟樹衛士們又齊聲低語，然後說：「放肆！你若真有重大的任務，那麼通行批文在哪裏？」

我向他們出示了「仙女之光」──芙勒迪娜給我的秘密聯盟信物。

可衛士們搖搖樹杖，對我說：「一枚吊墜可不足以證明你的身分，我們信不過你……誰讓你弄丟仙人戒，看你闖下了多大的禍！」

仙女之光

我垂下腦袋，羞得滿臉通紅。

我心裏不得不承認：櫟樹衛士們說得對。

在我犯了大錯後，沒有誰再相信我了……

我還沉浸在思緒中，櫟樹衛士們開始連珠炮般地向我發問。

「放你通行前，我們必須審問你！速速招來你身分！」

「為什麼這麼問？」

「因為我們要確認：你是不是女巫！」

「我才不是什麼女巫！」

「老實交代：你到底是不是女巫？」

我重複說：「我已經說啦：請相信我，我才不

是什麼女巫！」

「那麼，你是不是女巫的朋友？」

「當然不是……」

「呃，那你認識任何女巫嗎？」

「呃，沒錯，不過……」

「啊哈哈哈，看吧，你總算被我們問出底細了吧？現在你必須向我們證明：你是魔法師的朋友，而非女巫的盟友！證明你的心向善，而不是向惡！」

我向前一步說：「我準備好接受你們的考驗。現在告訴我：我該怎麼做？」

「現在，接過羊皮卷吧。只要你通過3個考驗，光之國的大門就為你敞開！」

櫟樹衛士們伸出樹枝，指了指地上一隻碩大的蘑菇，只見上面放着一捆羊皮卷、一根鵝毛筆、一瓶盛滿**藍莓汁**的墨水瓶。我定睛一看，羊皮卷上寫滿了字，看上去是測試我的問題！

我深**吸**了一口氣，耐心地答完全部問題。隨後，將羊皮卷遞給了櫟樹衛士們。

測試
你是女巫的朋友嗎？

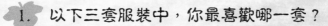

1. 以下三套服裝中，你最喜歡哪一套？

A. 長長的深色衣服、漆皮鞋和尖頂帽

B. 配着黑絲網斗篷的長袍、蝙蝠圖案的胸針

C. 帶風帽的白色長袍，腰帶和銀劍，橄欖木製成的魔法杖

2. 你希望以下哪一隻動物做你的寵物？

A. 能夠施魔法的黑貓

B. 能夠唸咒語的烏鴉

C. 能夠自由飛翔的白鴿

3. 你最喜歡哪種飛行方式？

A. 會飛的掃帚

B. 會噴火的黑龍

C. 長着翅膀的飛馬

4. 如果你發現自己晚上置身於女巫森林中，你會怎麼做？

A. 採集一些乾草，並堆在一起當枕頭

B. 採集毒蘑菇和蛤蟆的口水，來製作魔法藥水

C. 害怕地拼命逃竄

5. 如果你遇到狼人，你會……

A. 和牠聊聊天，談談女巫國的八卦事

B. 問牠要一撮毛，用來製作魔法藥劑

C. 離牠越遠越好……

6. 你希望選誰做你的旅伴？

A. 喜歡吃辣椒的黑龍

B. 喜歡吃鮮肉的小妖怪

C. 喜歡吃忌廉甜品的森林矮人

測試結果

仙女的朋友

　　如果你在回答問題時，大多數選擇C這個答案，那麼你是仙女忠實的朋友。你熱愛光明和大自然，行為真誠。你有一顆善良熱情的心。按照你的觀點，所謂的魔法只能用來做善事。對你來説，芙勒迪娜才是夢想國當之無愧的皇后！

女巫的朋友

　　如果你在回答問題時，大多數選擇了A和B這個答案，那麼你是女巫的朋友。你習慣黑暗、愛穿深色服裝和尖頂帽，黑貓和蝙蝠是你的寵物……你喜歡在森林裏採集毒蘑菇來製做魔法藥劑。

　　而你最喜歡的交通工具是會飛的掃帚。對你來説，如果妮勒迪娜能夠統治夢想國，一定大快人心。呃，你不會是個女巫吧？

你知道這棵大樹上一共有多少種植物的名稱嗎？

答案參見第587頁。

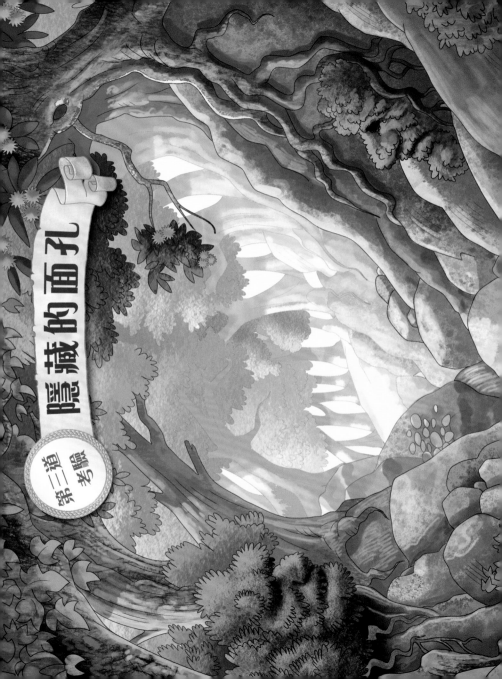

隱藏的面孔

第三道考驗

答案參見第588頁。

你能在圖中找出有多少張隱藏起來的臉嗎？

擁抱大樹

儘管我已經通過了考驗，但櫟樹衛士們仍在竊竊私語：「呃，雖然那小老鼠通過了考驗……可我們真要讓他過去嗎？唔……這個嘛……畢竟……」

我立刻明白了：它們對我仍心存疑慮。我向衛士們表明心跡：「朋友們，你們並不了解我，自然對我心生懷疑。我很理解你們為何不安……因此我希望袒露心聲，讓你們了解我

中的真情！這會打消你們所有的疑慮！」

然後，我緊緊擁抱身旁的一棵櫟樹衛士，剎那間**甜蜜的香氣**在空氣中瀰漫開來。

隔着粗糙的樹皮，我感覺到了自己的小老鼠之心和櫟樹的樹心，兩種聲音融匯在一起，宛若甜蜜的**友情交響曲**……🤍🖤🤍🖤🤍🖤🤍🖤🤍

　　櫟樹感動地喃喃說道：「我感受到你的真情，內心充滿了愛。今後哪怕相隔天涯，我們的心也近如鄰居！」

　　其他幾棵櫟樹衛士們被打動了。他們伸出樹枝手臂，柔柔地摩挲着我，齊聲說：「是什麼讓我們批准放行？是你純潔真誠的內心。我們相信你不曾背叛……光之國將敞開門為你存在！」

　　櫟樹衛士們齊聲高歌：

「是金光燦燦的潔白城堡。

是什麼在濃霧背後閃耀？

而它的主人——著名魔法師，

正在那裏恭候你的光臨！」

我當下激動地把蘋果樹道具服飾脫下來，快步越過衛士們，徑直奔向前方

神秘的濃霧

　　我終於抵達了光之國——這個由偉大的光之魔法師蘭道夫統治的仙境之國！

　　我鑽進層層濃霧，看到前方聳立着一座宏偉的城堡，塔身潔白似雪，而塔樓上則有金色的尖頂，閃閃發光。在城堡中央的塔樓上，有一面印有魔法師徽章的旗幟在隨風飄揚！

時間在飛逝……
我能來得及在
一個月內返回仙女國嗎？

進入光之國

此章節記述了魔法師偉
人蘭道夫揮舞魔法杖，
賜予無名氏三件魔法神
物的故事……

我鑽進濃霧中，隱約看到很遠、很遠、很遠的地方聳立着一座城堡……那就是光之岩！

好壯麗啊！

光之岩是一座宏偉的城堡，塔身潔白似雪，塔樓上有金色的尖頂，整座建築閃閃發光，散發著光輝。在城堡中央的塔樓上，有一面印有光之國徽章的旗幟在隨風飄揚！

光之國的故事

在某個神秘的年份，通過某種秘密的魔法，夢想國法力最強的三位魔法師秘密建成了光之國。這三位魔法師分別是偉人蘭道夫、蝶螈智者和甜夢太太。

這三位魔法師擁有同樣的理想：希望世界和平，百姓生活幸福、繁榮昌盛。為了維護正義，他們在千百次戰役中並肩戰鬥，並結下了深厚的友誼。

在所有戰役中，當中與女巫國的大戰最激烈，幸好仙女國皇后芙勒迪娜向他們伸出了援手。

在那次戰役後，一個秘密聯盟成立了。這個聯盟由四位成員組成：芙勒迪娜、偉人蘭道夫，甜夢太太

和蠑螈智者。要是聯盟中的任何一位遭遇危險，另外幾位就會鼎力相助。

　　除仙女和女巫外，夢想國還存在一個強大的神秘勢力——魔法師們。他們居住在疆域遼闊、仿如仙境的光之國。

　　他們掌管着許多秘密，締造了許多傳奇……

　　魔法師們生活平和安寧。他們喜歡閱讀各類魔術書籍，樂於維護和平。如有必要，他們甚至會向黑暗勢力開戰……

光之國

首都：光之岩

統治者：偉人蘭道夫

通用貨幣：魔法弗羅林

格言：魔法西嚕嚕！（意思是：魔法師萬歲！）

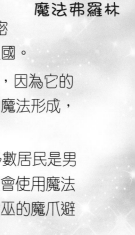

魔法弗羅林

守護者：綠喬士們牢牢把守着王國的秘密入口，因此只有符合條件的人才能進入光之國。

國土面積：無人知道光之國的國土面積，因為它的國界隱藏在神秘莫測的濃霧中。這片濃霧由魔法形成，具有奇特的力量。

居民：光之國的居民都會使用魔法，大多數居民是男魔法師和女魔法師……除此以外，也有一些會使用魔法的動物居住在這兒，牠們有很多是為逃離女巫的魔爪避難而來。

傳聞： 傳說光之國的男女魔法師們可以隨心所欲地隱身。如果你想要看到他們，你需要帶上特製的眼鏡。總而言之，如果你不屬於這個國度，你很難發現它的存在！只有綠衞士們批准放行的旅客，才有權利踏入國門。偉人蘭道夫親自設定了如此嚴密的保安措施，是為了防止女巫混進來。因此，光之國享有整個夢想國最好的治安！

光之國的徽章

光之國國歌

歡迎來到光之國，

真愛在此得永生，

黑暗遁去無影蹤。

你的思想要純淨，

舉止真誠，行為端正……

否則蘭道夫就會教訓你，

他的要求可不低，

他的性格很嚴厲！

光之國

1. 綠衞士之環
2. 光之岩
3. 魔法森林
4. 魔法天文台
5. 魔力閃耀泉
6. 魔法圖書館
7. 魔力館
　（出版著作之地）
8. 甜音城
　（魔法旋律飛揚之地）
9. 魔法杖森林
10. 魔法物件市場
11. 結晶山洞
12. 魔雪山
13. 魔法峯
14. 真相泉

光之岩魔法城堡

在城堡入口處，站着一位高大的騎士護衛，他身上穿着一副閃閃發亮的銀色鎧甲。

我走到他面前，仔細一看，突然發現鎧甲內竟然空空如也：原來這是一位

幽靈騎士！

他放下長矛攔在我面前，全身嘎嘎作響。

「站住！你是誰？你要去哪兒？你要做什麼？」

我嘀咕道：「呃，我只是無名氏，想見見偉人蘭道夫……」

他趕忙收起長矛，退到一旁，放我通行：「快請進，你早說嘛，偉人蘭道夫正在等候你！可不要讓他久等啊，否則小心他的魔法杖侍候！」

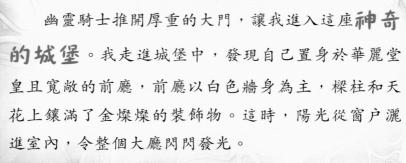

　　幽靈騎士推開厚重的大門，讓我進入這座**神奇的城堡**。我走進城堡中，發現自己置身於華麗堂皇且寬敞的前廳，前廳以白色牆身為主，樑柱和天花上鑲滿了金燦燦的裝飾物。這時，陽光從窗戶灑進室內，令整個大廳閃閃發光。

很壯觀啊！

光之岩城堡

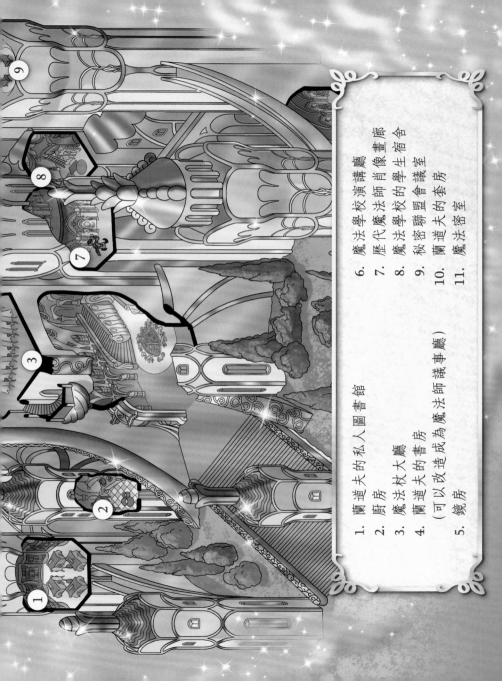

我本以為大廳裏一定會有誰來迎接，但事如願違，我只好沿着長樓梯一直走，繼續往城堡的裏面看看，並高聲問：「我可以進來嗎？有人嗎？」可我並沒有得到回應，只聽到自己的回聲。

就在這時，我聽見一陣鋼琴聲在城堡內回盪着，於是我決心追尋這 **神秘又美妙的音色** 的來源。

這鋼琴聲從哪裏來？

隨後，我來到了一條幽暗的長廊，我拿起了身邊的一把蠟燭台，沿着走廊向前摸索。哆哆哆……我好緊張啊！

　　在長廊兩側有很多道門，幾十道……不，幾百道……應該說是上千道門。

　　這座城堡簡直就是一座巨大的迷宮！我打開一道道神秘的房門，追尋鋼琴聲的來源。這陣琴音究竟來自哪兒呢？

突然，琴聲驟然終止了，接着一陣噴嚏聲響起來：

乞嗤！ 乞嗤！ 乞嗤！

我朝着噴嚏聲的方向奔跑過去，衝進一個大廳，可裏面空空如也！那裏沒有家具、沒有桌椅、沒有沙發、甚至連一幅畫都沒有……

眼前只有一面巨大的 ，鏡子的周邊鑲嵌了金燦燦的櫟樹和橡實裝飾。我仔細向鏡中望去，感覺似乎有誰也在望着我！奇怪，房間裏明明只有我一個啊……

……難道不是嗎？

偉人蘭道夫

突然，噴嚏聲又響起來了。乞嗤！

可我依然沒有看到任何人！

隨後……

又是一連串噴嚏聲：「乞嗤！乞嗤！乞嗤！」

以一千塊莫澤雷勒乳酪的名義發誓，這噴嚏聲是從鏡子裏傳出來的！

我靠近鏡子，鏡面居然像門一樣嘎吱地打開了……

原來，鏡子後還有一個房間，只見房間中放置了一座

三角銅琴！

裏面居然還有
一個房間！

一位白衣男子正風度翩翩地彈奏着鋼琴……
原來，他就是

偉人蘭道夫

蘭道夫嘟囔着：「以一千顆火花的名義，難怪我不停打噴嚏：原來有一隻老鼠混進了城堡！我一向對老鼠過敏！」

他對我勾勾手指：「你就不能不打擾我，讓我安靜地活個幾千年嗎？算了，既然你已經來到這裏，說吧，小老鼠。」

隨後，他朝天揮舞魔法杖：「不過，你最好說真話，否則小心我的魔法杖侍候。我既然這麼說，就會這麼做，蘭道夫說到做到！」

我趕忙解釋：「我代表敬愛的芙勒迪娜皇后前來。她請我來通知您、蠑螈智者和甜夢太太，她的王位已岌岌可危！」

偉人 蘭道夫

魔法秘典：
魔法書籍

仙女之光：
秘密聯盟的信物
吊墜

魔法杖：
可以隨意伸縮的手杖

　　偉人蘭道夫──偉大的光之魔法師，大家對他還有不同的稱呼：永恆魔法大師、無邊秘密保存者、正義的守護神、無解糾紛調解師、著名魔法杖學家、純淨思想王子、未知真理探究者、以及「解決問題大師」，因為哪怕是不解之謎，他也總能找到解決方法！

蘭道夫的故事

蘭道夫的名字意思是「狼之盾」，他家族的起源至今仍是一個謎……大家只知道：蘭道夫喜歡獨來獨往。他獨自生活、獨自工作。他喜歡讀書，學識廣博，擁有一個收藏着海量珍稀書籍的圖書館。他熱愛繪畫，還精通夢想國所有語言。

蘭道夫的戒指

蘭道夫的神奇魔法杖

魔法茶杯和杯子蛋糕

蘭道夫的皇冠

魔法水瓶

他精通的語言包括食肉魔語、女巫語、怪獸語、海神語，以至植物的語言——神秘的綠植語。他多才多藝，除了精通鋼琴，以及其他樂器之外，也非常熱愛歌劇。他是夢想國中最優秀的音樂作曲家，更親自創作了光之國國歌。蘭道夫是夢想國公認的天才，曾經發明了許多古怪的機器。比如，他發明了「噴霧機」——一部專門製造魔法濃霧的機器，那些一直圍繞着光之國的濃霧就是這樣來的！此外，人們還稱他為「魔法杖學家」，因為他對魔法杖的製作、性質、功能和使用都素有研究，並經常用它教訓壞傢伙！

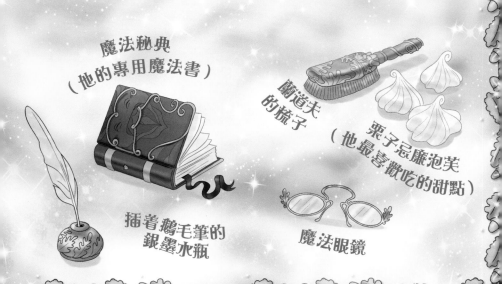

魔法秘典
（他的專用魔法書）

蘭道夫
的梳子

栗子忌廉泡芙
（他最喜歡吃的甜點）

插着鵝毛筆的
銀墨水瓶

魔法眼鏡

魔法師聽到我的回答，語氣頓時軟化了：「好吧，既然你從**芙勒迪娜**那兒來，那就另當別論了……我會盡力通知其他兩位魔法師！我親愛的仙女朋友怎麼樣啦？」

　　我面紅耳赤地說：「呃，她現在……處境困難，因為……這個嘛……總之……其實是，她的妹妹

妮勒迪娜

設法偷走了仙人戒，所以……」

　　蘭道夫一臉嘲諷地問：「不會吧……是哪個**蠢材**導致仙人戒被盜了？」

　　我羞愧得無地自容，頓時滿臉**通紅**，喃喃地說：「呃，是……我，是我。」

　　「是嗎？難怪你一副**蠢材**模樣！長相絕不會撒謊……就算我離你幾千米遠，我也能看出你長得一臉傻瓜臉……」

　　他哈哈大笑起來：「你知道嗎？其實我已經留

意你好一會兒了，我知道你的
全部底細，我只是想測試一下
你是否會說**真話**……全部說
真話……一句謊言都沒有，只有
真話……算你走運，你這小老鼠
還算老實！」

　　他舉起魔法杖，砰地舞出一團
火花：「所以我會助你一臂之力！
我既然這麼說，就會這麼做，

偉人蘭道夫

我會助你一
臂之力！

說到做到！」

光之魔法師的秘密

蘭道夫詢問我：「你接下來有什麼計劃？你最好說**真話**，我蘭道夫最討厭別人撒謊！」

我嘟囔道：「呃，我想去找妮勒迪娜！我獨自去向她討回**仙人戒**！」

他馬上爆發出一陣輕蔑的嘲笑聲，說：「哈哈哈哈哈！真是個好主意！你打算怎麼逃生呢？」

我嘟囔說：「啊啊……其實我沒想過這個問題……這個嘛，呃，**我就全指望你了。**」

他伸開雙臂，把披風往後一甩，抱怨起來：「什麼，居然全指望我！『蘭道夫，這也靠你了……那也靠你了……全靠你了……』難道你闖了大禍，也要讓我揮揮**魔法杖**幫你收拾殘局？」

他繪聲繪色地模仿他人請求的語氣：「啊啊

啊，偉大的光之魔法師，求你好心幫我忙吧，我闖下了大禍……」

隨後他將魔術杖朝地上一扔，大喝一聲：

「**真是蠢材！**

我厭惡、十分厭惡、應該說已經受夠了幫別人收拾殘局！」

我轉過身想溜，可蘭道夫一把揪住我的 *尾巴*：

「你要去哪兒，小老鼠？」

「算了，我走吧……」

你要去哪兒，小老鼠？

算了，我走吧……

他惱怒地嚷嚷：「誰讓你走啦？我說的是我感到很**厭煩**，可沒說我不幫你⋯⋯過來，你這**蠢材**！」

他向大廳一角走去，掀起了一塊白布，下面出現了⋯⋯

他興奮地跟我說：「小老鼠，快過來欣賞這神奇的水晶球！我可以通過它了解夢想國發生的**一切**，一切的事情！你知道我為何知道你旅途中的一舉一動嗎？其實是這個水晶球給我呈現的！說實在的，我這一輩子沒見過一個比你更**蠢**的**蠢材**啦！無名氏，為何你總是招惹麻煩？」

這顆神奇的水晶球名為奇跡之球，是由水晶矮人國王石英伯親手雕塑的。人們能夠透過它了解夢想國發生的一切。

奇跡之球

奇跡之球

蘭道夫將手放在水晶球上，水晶球很快亮起了藍光。他口中唸唸有詞：「呃，我們先看看妮勒迪娜到底是如何偷走仙人戒的。奇跡之球，現在請你給我呈現無名氏的家！」

請你給我呈現
無名氏的家！

水晶球立刻呈現出我家的房子，這正是我在老鼠島**妙鼠城**的家！

蘭道夫命令說：「奇跡之球，現在給我看無名氏家的房屋內部！」

它立刻呈現出我在家中廚房的一幕生活場面！

我看到自己在廚房裏烹調着不同的**菜餚**，並吃得津津有味。我嘴裏一邊咀嚼，一邊說：「這道菜真美味，太好吃啦！吧唧、吧唧、吧唧唧唧！」

魔法師發出一陣**哈哈大笑**，說：「小老鼠，你倒是很喜歡下廚啊，沒錯吧？」

我害羞得面紅耳赤，回應說：「呃，的確如此……」

魔法師繼續命令說：「奇跡之球，現在給我展現仙人戒是如何被**偷**！」

我激動地來到水晶球前定睛看着，我看到自己一臉飽足的模樣……然後，我在牀上睡覺……一隻大**烏鴉**突然從一扇半掩的窗戶飛進房間裏……牠停在一個櫃子旁邊……伸出一隻腳爪打開了抽屜……

牠勾起了仙人戒……

……隨後關上**抽屜**……

……牠的嘴裏銜着戒指，從窗戶飛了出去！

蘭道夫評論説：「啊，原來如此，妮勒迪娜派出了一隻烏鴉過來！當然了，只有你這樣的**蠢材**，才會想到把戒指隨便放在抽屜裏……現在，奇跡之球，請告訴我們這隻烏鴉把戒指帶到何處！」

他擦了擦水晶球，我們看到……

……烏鴉把戒指交給了妮勒迪娜……

……她將戒指套在手指上……

……烏鴉接着顯露出真身，變成了一個外表英俊、一襲黑衣的**年輕男子**……

……妮勒迪娜高聲讚歎：「謝謝，我能幹的未婚夫！有了這一顆**仙人戒**，我的法力將迎上幾何

化身

在夢想國裏，有些生物能夠改變其身體的形態，按照需要化身成為人或動物。

倍的增長！而我將成為下一任**女巫國皇后**！」

蘭道夫的臉色馬上變得刷白：「這下我們慘了⋯⋯

這可不是什麼烏鴉，只是個化身而已，真身是⋯⋯」

黑暗族裔的黑尾督

他是烏鴉族的首領，頭上戴着金燦燦的頭飾，

他的喙閃閃發亮的！

蘭道夫伸出**魔法杖**指向水晶球，命令它：

「奇跡之球，告訴我現在妮勒迪娜在做什麼！」

水晶球中展現出妮勒迪娜的身影：在女巫國

裏，她正在用魔法建做出一座高聳入雲的巨型**城**

堡。那座城堡就聳立在斯蒂亞城堡的前方，可看上

去更高、更**恐怖**、更黑暗！

妮勒迪娜一邊翩翩起舞，一邊哼着神秘的小曲⋯⋯

這是我在奇跡之球

1

我看到自己在妙鼠城的家。

2

我看到自己在廚房裏烹調着不同的菜餚，並吃得津津有味

5

牠從窗戶飛出去……

6

牠把戒指交給妮勒迪娜。

看到的畫面……

③

我看到自己在牀上睡覺，
一隻大烏鴉從窗戶飛進來。

④

牠勾起了仙人戒。

⑦

原來牠並不是一隻普通的烏鴉，
而是會改變身體形態的黑尾督！

⑧

我看到妮勒迪娜正在建造
一座高聳入雲的城堡。

妮勤迪娜的城堡

妮勒迪娜的名字的縮寫

我聽到妮勒迪娜放聲歌唱：

「我，妮勒迪娜是個巫術的專家，
要建造一座城堡，作為我未來的家！
一夜之間把它造，黎明之前就造好！
我要它黑暗，我要它恐怖，
我要它令你膽寒、渾身直發顫。
我要它華麗，我要它說話，
我要它一身鬼氣、能把你嚇傻。
我要它高聳，我要它結實，
我要它凸顯我尊貴的價值。
我要它配上未來的皇后，
因為女巫國王位已在我囊中！
我要這城堡永遠朝西轉……
看吧，大功告成，現在什麼也不缺！
啊！不對，現在並非什麼也不缺，
我還需要一個魔法助理，幫我來打點！」

女巫將魔法杖對天一指，變出了一隻**黑貓**。牠一身黑漆漆的毛皮仿如伸手不見五指的暗夜，牠的眼睛金黃、鬍鬚長長，牠尖聲大叫：「**喵喵喵喵！**」

　　妮勒迪娜嘴邊漾起邪惡的一笑，說：「我擁有了仙人戒……我擁有城堡……現在我還有了一個助理，就叫你

饒舌鬼黑貓吧！」

哆哆哆，好可怕啊！

蘭道夫笑了笑，將手按在水晶球上，它的光頓時熄滅了。「看看你都幹了什麼好事，無名氏！現在，你想取回仙人戒只有一個辦法，就是前往

暗夜堡

——妮勒迪娜在一夜之間建造出的城堡。天知道你能不能活着回來？呵呵……」

我嚇得渾身發抖：「呃，可那……那……那地……地……地方全是女巫……還有一隻貓……看上去好可怕……我可怎麼辦呢？」

「呵呵，這個嘛，這是你的問題，無名氏！闖禍的是你，所以收拾殘局的也應該是你。總之嘛……」

我焦急地問：「總之什麼？」

他摸摸下巴：「總之嘛，看在和芙勒迪娜的交情上，我會助你一臂之力……」

他的話音突然中止了，因為我們聽到了一陣

可怕 的 喧鬧聲。

安靜靜靜靜！

蘭道夫將**魔法杖**夾在腋下，邁開大步催促我：
「跟我來，看來我的魔法杖又有用武之地了！」

我們前往城堡的另一幢塔樓，上面懸掛着一塊

銘牌，上面有刻着用夢想語*書寫的大字……

*你能讀懂上面寫了什麼嗎？請參照第585頁的夢想語詞典！

我在沿路看見許多道門，每道門上都掛着不同的銘牌：幻術課室、奇跡作坊、魔法學校演講廳、魔術健身室、魔術圖書館、魔法食堂⋯⋯

蘭道夫向我**嘟囔**地埋怨着說：「歡迎來到我們培養男女魔法師的學校！剛才製造噪音的，是一年級入學的新生：這個班級簡直是無法無天！哼，現在我要狠狠用魔法杖教訓他們，給他們點顏色看看！我

偉人蘭道夫

說到做到！」

我看見牆壁上掛着班級學生的團體**肖像**⋯⋯難道是我眼花了？我感覺那些肖像在移動！

我揉揉眼睛，以為自己在做夢⋯⋯

咕吱吱，他們確實在移動！那些肖像一定被施了魔法！

魔法師學校
一年級新生

蘭道夫站在課室門前，只見上面寫着「**魔法師學員：一班**」。

他猛地推門進去，大吼一聲：

「**安靜靜靜靜！**」！」

課室裏情況一片混亂：一位學員用魔法杖為大家變出一個個**薄餅**……

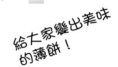

給大家變出美味的薄餅！

另一位精靈族學員在一堆**泡泡球**中玩得不亦樂乎……

在課室的角落裏，三位魔法師學員正用魔法為自己理出最新最酷的**髮型**……

一位活潑機靈的紅頭髮學員剛剛用粉筆在黑板上**描繪**了一幅諷刺蘭道夫的畫……

課室裏一片歡歌笑語，有些學員歡天喜地跑來跑去。只有一位女學員是端坐在課桌前，旁若無人地讀着書。

261

大家一看到蘭道夫，就像旋風一樣向自己座位跑去……一轉眼，所有學員都端坐着**讀書**，彷彿什麼也沒發生。

　　蘭道夫注視着黑板上諷刺自己的畫，打趣說：「畫我肖像的這位學員，先把語文學好吧！是『**蠢林**』不是『蠢才』！」

　　他伸出魔法杖一指，那幅畫頓時從黑板上消失了，取而代之的是一幅彩色肖像，畫面上的蘭道夫雙臂交叉、目光嚴肅，旁邊配着一行字：「你們是**蠢林**！」

　　他又伸出魔法杖一指，只見所有學員的魔法杖立刻全部飛到空中，匯在一起，隨後飛進演講台的抽屜裏：「**霍**！」

　　他再伸出魔法杖一指，黑板上出現了一些金色的大字，蘭道夫命令大家：「你們給我把**七條魔法師法典**抄寫十遍，不對是一百遍、一千遍，然後我才（有可能）把魔法杖還給你們……」

魔法師法典

1) 真正的魔法師必須明辨是非。

2) 真正的魔法師要時刻規範自己的行為，因為一個人的能力越強，責任越大。

3) 真正的魔法師總是説真話。

4) 真正的魔法師將魔法用於行善。

5) 真正的魔法師只有在必要時才使用魔法。

6) 真正的魔法師使用魔法的動機必須是正義、高尚及積極的。

7) 真正的魔法師使用魔法的動機不應該是無聊、邪惡及卑劣的。

四位魔法師好友

那位一直端坐自習的魔法師學員高聲抗議道：「你怎麼連我也一起懲罰！這可不公平：我什麼也沒做啊！」

蘭道夫訓話說：「沒錯，就是因為你什麼也沒做！你應該阻止他們的！所以你要和大家一起**受罰**。別以為你是我的外甥女，我就會對你網開一面！」

那位學員翻翻白眼：「哼……每次都是這副腔調！舅舅，你對待我比對待其他人還**差**！」

蘭道夫歎了口氣，對我說：「無名氏，這位不知天高地厚的女學員，就是我的外甥女

而其他這些蠢材學員，都是我的學生！」

狼聰聰

　　她來自利齒城堡，那裏是狼族魔法師的棲息地。她是蘭道夫的外甥女，是一個優等生魔法師學員：她的智慧超羣，熟記各類魔法秘訣。她自信十足，不過有時過於傲慢，會因此闖禍。

謝謝你，狼聰聰。

你好，我是狼聰聰。

狼聰聰向我伸出手來，介紹自己，說：「你好，我是狼聰聰，就算所有人都稱你為『無名氏』，你在我心裏一直都是『正直無畏的騎士』。我聽說過很多你的歷險故事！」

我害羞得滿臉通紅：「謝謝你，狼聰聰，可現在我再也配不上那些榮譽稱號了……」

接着，有幾位少女魔法師也走上來，和我握手。她們是狼聰聰的好朋友，她們的名字是——

狐嬌嬌

貓瑩瑩

熊莉莉

狐嬌嬌

狐嬌嬌來自多尾城堡，那裏是狐狸族魔法師的棲息地。足智多謀的狐狸族大多擔任王國的顧問。狐嬌嬌是時尚達人：她能夠縫製各類隱形斗篷、仙女帽、魔法袍……她守護着家族的寶貝：剪刀和針線。

熊莉莉

　　她來自巨爪城堡，那裏是熊族魔法師的棲息地。熊族大多擔任王國的醫療員。她擁有健壯的體魄、剛強的意志。她熟知各類草藥，因此能夠治癒他人身體和心靈的疾病。她懂得如何熬製各種湯藥。

貓瑩瑩

她來自雪羽城堡，那裏是貓頭鷹族魔法師的棲息地。這個族裔是最出色的探險家。她的生性勇敢，擅長飛行和彎弓射箭。她喜愛魔法珠寶，在脖子上佩戴着一枚貓頭鷹圖案的吊墜。

魔法學員貓瑩瑩最後一個做自我介紹。

她的**眼睛**閃爍着好奇又聰慧的光芒，讓我感覺似曾相識⋯⋯

難道我在哪裏見過她？

她脖子上貓頭鷹圖案的吊墜勾起了我的回憶，是哪段回憶呢？

她向我**眨眨**眼，説：「你不認識我了嗎？」

「呃，我未曾有幸見過你⋯⋯」

她笑了起來：「哈哈，當然見過，騎士，再看看你是否認識我！」

她原地轉起圈來，變身化成了一隻⋯⋯

貓頭鷹！

「之前接你來夢想國的那頭貓頭鷹，就是我啊。對了，你知道嗎，你真是個**胖墩兒**。你應該

減減肥……一路上背着你來這兒可把我累壞啦！」

此刻，我才醒悟過來：原來她就是那隻勇敢的

正是她把我從現實世界接到夢想國！

騎士，你現在
認識我了嗎？

咕吱吱！

273

這裏是隱形魔法師之屋……

當蘭道夫整頓過課室的秩序後，就帶我返回到書房去。

蘭道夫撓撓頭，説：「對了，我們剛才説到哪兒了？啊對了……為了幫助你營救芙勒迪娜，我要號召舉行一次

魔法師大會！」

他拉了拉一端連着金色鈴鐺的白絨布條，大聲宣布：「夢想國的各位魔法師們，為了營救芙勒迪娜，現在即將召開魔法師大會，請大家速速參加！」

隨後他舉起魔法杖，在空中畫出幾個大圈，嘴裏唸唸有詞：

「這是隱形魔法師之屋，我可以將它擴大！它不再黑又小，而是明亮又寬敞！」

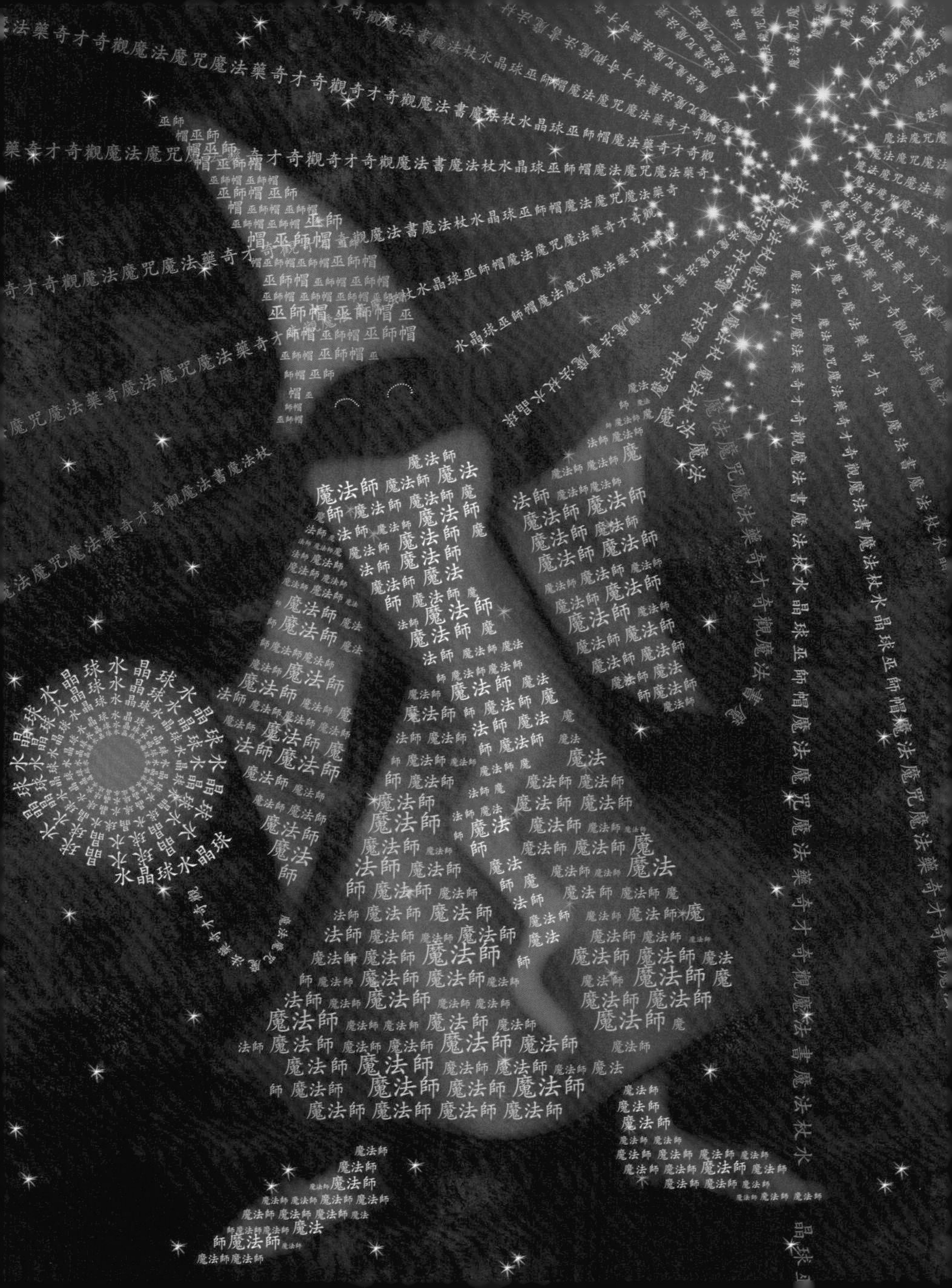

　　蘭道夫開始高速旋轉起來。我只看到他白色的衣服旋轉了一圈又一圈。他每轉一圈，房間就**擴張**得更大了一點！！！

　　等他轉完第七圈，蘭道夫停了下來：「很好！房間已經足夠寬敞了，現在讓我們設置一些家具吧。」他揮起**魔法杖**指指牆壁：「一、二、三，藏書從無變成有，四、五、六，大部頭從天降，七、八、九、十，現在你覺得如何？」

　　剎那間，原本空蕩蕩的牆壁上整整齊齊地堆滿了各類魔法書籍。

「這就是舉世無雙的

**魔法
圖書館，**

裏面存有整個夢想國最珍貴的魔法
書籍！」蘭道夫向我介紹。隨後，
他將魔法杖朝窗戶一指，刹那間
窗戶旁出現了繡着金線的絲綢窗
簾。他又用**魔法杖**指指地板，
地板鋪上了價值連城的地毯。蘭道夫
嘴裏嘀咕道：「砰咚，砰砰咚咚，扶
手椅從天降，材質一流又漂亮！通通
給我排排好，還有腰枕也不能少！」

轉眼間，房間裏擺滿了由柔
軟舒適布料縫成的**座椅**。

他抬起頭，高叫起來：「腰
枕呢？腰枕在哪裏？我要求材質柔
軟的，明白嗎？」

話音剛落，從天花板上掉下來許許多多柔軟的腰枕。

　　蘭道夫又高聲嚷嚷：「以一千道魔法的名義，房間裏還缺了點兒什麼：我的**寶座**在哪裏？」

　　話音剛落，從天花板掉下一個沉甸甸的寶座，不偏不倚地砸在……我的右腳爪上……

　　我高叫起來：「**唉喲喲喲喲喲！**」

　　蘭道夫朝我嘟囔：「啊，對了，我忘了還有你在場。那我再變出個**擱腳凳**給你吧……」

唉喲喲！

280

托他的福，一張結實的腳凳「砰」一聲結實地砸在我的左腳爪上。

我痛得大叫起來：

「**唉喲喲喲！唉喲喲喲！**」

蘭道夫自顧自地唸叨：「對了，喝茶的時間到啦！一杯茶給你，一杯茶給我，還有精緻的茶點蛋白甜餅，一個也不漏！」

頃刻間，從天花板飛下一堆茶壺茶具……還有滾燙的**茶水**，不偏不倚地澆在我的尾巴上。

我痛得嘴也歪了：「唉喲喲，**唉喲喲喲，唉喲喲喲喲！**」

啊呀！

哇呀！

281

　　蘭道夫揪住我的耳朵，說：「老實坐在我旁邊，小老鼠，這樣我才能盯緊你！」

　　隨後，他示意我注意細聽：「**聽着**，小老鼠……他們馬上就到啦！」

　　他的雙臂朝天一揮，用渾厚聲音*高呼*着：「啊，眾民聽我的號令，快來快來別磨蹭！我要你們來相助，速來這裏排排坐。我是你們的領袖——光之國的統治者！」

啊，眾民聽我的號令，快來快來別磨蹭！

蘭道夫坐上寶座，歎了口氣：「唉喲，總算弄好了！累死我了，召集魔法師們真不易……現在好了，只需靜心等待即可。」

　　過了一會兒，我聽到四周傳來無數步履匆忙的腳步聲……

　　……可我連一個

也沒看到啊！

魔法師大會

蘭道夫笑着說：「哈哈哈，小老鼠，你是不是連一個也沒看到啊？」

他遞給我一副三角形框架的眼鏡：「這是一副

正是為了你這種無法看清情況的『蠢材』準備的！」

咕吱吱！

我通過魔法鏡片，看到了數以千計的男**魔法師**和女**魔法師**，正前赴後繼地向這裏趕來！

魔法師們前推後擁地走進會議廳，紛紛高喊：「快走啊，蘭道夫在召喚我們！」

「我們必須馬上到場，要趕在他**發怒**之前……」

「……不然他會拿魔法杖教訓我們！」

蘭道夫操起魔法杖，在我的腦袋上連敲數下，示意大家保持安靜：

咚！ 咚！ 咚！

咚！ 咚！

答案參見第588頁。

圖中只有一位魔法
師帶上了一把結他
來參加會議，你能
把他找出來嗎？

蛋白甜餅

材料： 70克蛋白（約2個雞蛋），90克白砂糖，檸檬汁1滴

做法： （小朋友，請讓身邊的大人來幫忙！）

- 在一個大碗中加入蛋白（記得大碗和打蛋器均不能沾水或油），用打蛋器以高速攪拌打發起泡，過程中分三次逐少加入砂糖及檸檬汁，直至將蛋白打發至拿起打蛋器時出現挺立的尖勾狀態。

- 把焗爐火力設為100度，並預熱10分鐘。

- 利用刮刀輕輕把蛋白霜裝入擠花袋中，並配上星形擠花嘴。

- 在焗盤上放上烘焙紙，然後在烤盤上間隔整齊地擠出甜餅。

- 把甜餅放入已預熱的焗爐以100度烘烤60分鐘，酥脆的蛋白甜餅就完成了。

- 注意放涼後，必須把甜餅放入密封的容器儲存，以免餅乾變軟，影響口感。

「各位請坐，我為各位準備了舒適的座椅，還有精緻的**蛋白甜餅茶點**！」蘭道夫宣布說。

在場的魔法師交頭接耳：「好吧，我們必須承認：這種茶點真的非常美味啊！」

蘭道夫滿意地說：「現在，讓我們

開動腦筋……開動腦筋……開動腦筋……
開動腦筋……開動腦筋……
開動腦筋……開動腦筋……
開動腦筋……開動腦筋……
開動腦筋……開動腦筋……
開動腦筋……開動腦筋……

我們需要想辦法幫助無名氏……這樣我們敬仰的**芙勒迪娜皇后**才能保住王位！」

魔法師們齊聲允諾：「我們一定會拯救芙勒迪娜，以**魔法師的名譽**起誓！」

光之國的魔法師

健美妹和強壯哥
魔法體操專家

牙套叔和顯微伯
魔法牙醫

機靈哥和聰明嫂
熟知自然秘密的魔法師

勺子女和叉子男
魔法廚師

智多哥和才多弟
魔法軍師

書簽嬸和書袋伯
魔法圖書管理員

鑽石姐和鑒定哥
魔法珠寶商

氣質太和榮譽叔
魔法禮儀培訓師

邏輯郎和思維妹
魔法作家

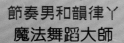

節奏男和韻律丫
魔法舞蹈大師

星辰君和星宿神
魔法占星師

磚頭子和水泥丫
魔法建築師

博學娘和饒舌爺
魔法翻譯家

聞香帥和調香妹
魔法香水師

色彩哥和刷子姐
魔法畫家

阿爾法和嘎爾瑪
魔法會計師

頂針姑和剪刀舅
魔法裁縫

孤獨魔法師
獨自在夢想國遊蕩
的魔法師

望遠仔和登高哥
魔法探險家

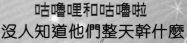

咕嚕哩和咕嚕啦
沒人知道他們整天幹什麼

開心伙和逗趣丫
魔法笑話大師

豎琴娃和指法仙
魔法音樂教師

魔法師大會上收到的禮物

當魔法師們安頓下來，蘭道夫揮揮魔法杖。

「魔法師兄弟姐妹們，你們都很清楚：一個人**能力越強**，肩負的**責任就越大**，同時受到的**誘惑也就越大**……」

一位魔法師插嘴說：「偉人蘭道夫，你說得很對，並非每個人都懂得將能力用於正道，比如妮勒迪娜……」

蘭道夫贊同地說：「沒錯，聰明嫂，正是如此。妮勒迪娜偷走了仙人戒，從而得以開啟

現實世界的大門⋯⋯⋯」

大家齊聲追問：「那個導致仙人戒被偷的大傻瓜是誰呀？」

我頓時羞愧得臉色**發紫**：「呃，其實⋯⋯這個⋯⋯總之，我是說⋯⋯是我⋯⋯」

蘭道夫嘟囔着說道：「真是個**蠢材**！算了，既然木已成舟，我們現在需要幫助這隻小老鼠潛入女巫國。

那個大蠢蛋！

那個粗心鬼！

呃⋯⋯其實是我⋯⋯！

「並且重新奪回仙人戒，因為妮勒迪娜正準備召開女巫大會，並準備讓大家在大會中選出

就是她自己！」

在場的魔法師都用狐疑的眼光審視我……

「就他？就他想去女巫國？」

「就是因為他，戒指才被偷的……」

「哪怕隔幾公里遠，我也能看出他長了個傻瓜臉……」

「看他的身材肌肉並不發達……」

一位魔法師問我：「你懂得魔法嗎？你來自哪個魔法流派？」

蘭道夫搖搖頭，告訴大家：「就他嗎？這傢伙唯一知道的：就是吃光每一塊放在他面前的乳酪！他只是隻小老鼠，別指望他懂得什麼魔法！」

我不得不承認：「呃，的確如此，我不會任何法術……」

這時，蘭道夫把手按在水晶球上。

妮勒迪娜的保險箱

「看在芙勒迪娜的情分上，我們無論如何也要助他一臂之力！現在告訴我們：妮勒迪娜將**仙人戒**藏在哪裏？啊，原來在這兒！她將仙人戒鎖進夢想國最堅固的保險箱！

當然啦，她可不會像小老鼠那麼愚蠢，把如此貴重的戒指放在櫃子抽屜裏！」

蘭道夫操起魔法杖唸唸有詞，頃刻間變出一把

魔法鑰匙。

「拿好了，小老鼠，別再把它丟了：這是我給你的禮物——魔法鑰匙，它能夠開啟夢想國任何一把**鎖**，任何一把啊！就連妮勒迪娜收藏仙人戒的保險箱也不例外……我蘭道夫說到做到！」

說罷，蘭道夫再仔細**觀察**水晶球顯示的景象。

「你想潛入暗夜堡十分困難，但也並非毫無希望，因為我會幫助你變身：把你變成一隻

傻乎乎的醜八怪！

我蘭道夫說到做到！」

「唔唔唔……我觀察到你此行旅途艱險，因為妮勒迪娜的線眼遍布整個夢想國！不過，這也不成問題……我會派我的坐騎陪你同去，他就是

光明使者，

繁星龍。

你可要好好對他，把他平安無恙地帶回到我身旁，明白嗎？否則我會用魔法杖教訓你，教訓你，教訓你……我蘭道夫說到做到！」

魔法鑰匙

開孔禮

她名叫開孔禮，
因為她是魔法師火山兄送給蘭道夫的禮物。

好的鎖，壞的鎖，我都能打開，
就算你是保險箱，也不例外，
所有鎖見到我，通通都很乖！
我只為正義而工作，
你的品性休想瞞過我……
小偷和強盜，騙子和惡棍，
休想把我握，否則燙傷你的手！

開孔禮是一把魔法鑰匙，她能打開夢想國所有的鎖。魔法師火山兄傾力打造出這把鑰匙。只有品性高貴的使用者才能支配她。如果你想用她達成邪惡的目標，她就會熊熊燃燒，燙傷你的手！

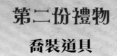

傻乎乎的醜八怪！

長滿蘑菇
的耳朵

又黃又長
的指甲

布滿苔蘚
的亂髮

鼻毛外露
的鼻子

爬滿海藻
的衣服

　　醜八怪們個頭很小，渾身散發臭氣，又傻又呆。他們的頭髮裏長滿苔蘚，他們的耳朵裏長出蘑菇。他們的指甲又黃又長，裏面塞滿霉菌。他們的鼻孔裏露出長長的鼻毛。他們的衣服爬滿海藻。他們用禿鷲的便便來搓洗，喜歡將臭火山的岩漿塗在頭髮上，當做護髮素！

第三份禮物
光明使者
繁星龍

我高聲歌唱，
我疾速飛翔，
我比風兒更快，
我的心向太陽！
我的歌聲迷離，
在各處飄蕩。
我來去自由，
暴風雨也無法阻擋！

這條龍全身布滿星光，擁有奇特的力量。他的腳爪能夠給敵軍致命一擊，他的尾巴能夠橫掃千軍，他的嘴巴能夠射出強光，驅散邪惡的勢力。他的眼睛是兩顆純淨的星星，他的背脊上閃爍着七顆燦爛的星辰。而他身上最獨特的星星是他的心臟，永遠忠於他的主人——偉人蘭道夫。

無名氏變身

聽着蘭道夫的安排，我激動地問：「我什麼時候才能見到繁星龍？他一定很神奇！」

蘭道夫**搖搖**頭：「現在你可看不到他，小老鼠！你必須耐心等待，繁星龍白天呼呼大睡，只有晚上才蘇醒；因為他以吸食

星光

我就不能打扮成魔法師嗎？

為生！現在我該準備醜八怪變裝道具啦！」

我試探地問：「呃……我就不能……穿上氣派的白袍，打扮成一名魔法師嗎……和你們一樣……」

「天哪，你這個**蠢材**，難道我什麼都要和你解釋嗎……如果你一身白衣前往暗夜堡，他們會立刻知道你是誰、你來自何方，以及你為何去那兒！他們會一眼看出你是光明國的**盟友**。而妮勒迪娜會立刻逮捕你，將你丟給她的助理饒舌鬼黑貓！」

蘭道夫揮舞着魔法杖，大聲命令：

「**我要**
裝滿蝙蝠尿的浴缸、
我要
由蝙蝠粑粑製成的肥皂、
我要
臭火山的岩漿、
我還要
蒼蠅，很多、很多、很多的小蒼蠅！」

咕吱吱，我真命苦啊！醜八怪的道具真是太可怕啦！

裝滿蝙蝠尿的浴缸

由蝙蝠粑粑製成的肥皂

臭火山的岩漿

很多很多蒼蠅！

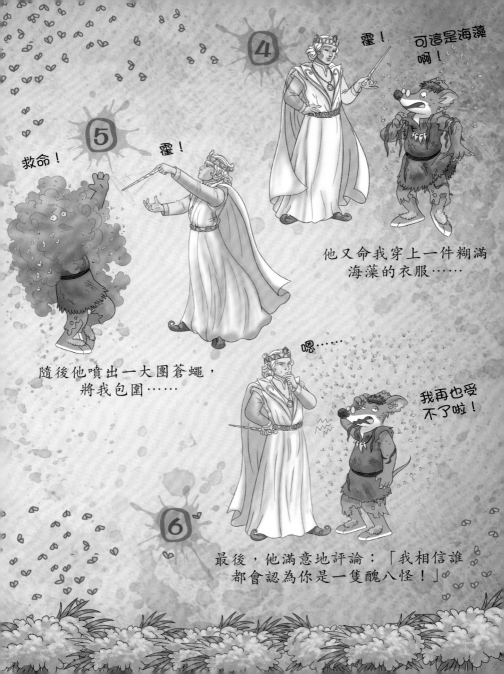

狼聰聰，與龍對話的少女

　　我望着鏡中自己醜八怪的裝扮，大聲哀嚎：「哇啊啊啊！好可怕啊！

現在我渾身臭氣熏天！」

　　就在這時，大廳的門被拉開了，蘭道夫的外甥女女狼聰聰走**進來**！她步伐堅定地向前走，迎向蘭道夫。

　　蘭道夫呵斥道：「外甥女，你來這裏做什麼？你現在可沒有資格參加魔法師大會！你雖然天資聰穎，但也只是一名**學員**而已！」

奶瓶，到這兒來！

狼聰聰

狼聰聰是狼族國王狼霸霸和蘭道夫的姐姐——美麗的光之國魔法師蘭道薇的女兒。

我知道你在想什麼！

她是一位天資非凡的少女，身上同時具備狼族的果敢血統（她能夠化身為狼），以及魔法師的幻術能力。從孩童時代起，狼聰聰就懂得如何化身成為狼，也會移動遠處的物體，而且她還能讀懂人心，精通各類魔法技巧……

我要變出一個蛋糕！

她現在是魔法師學校的一名學生，卻總是和蘭道夫吵嘴……哎呀呀，她不僅從舅舅的身上繼承了高超的魔法本領，也繼承了他的壞脾氣！

「舅舅，我自願申請與無名氏一起前往暗夜堡！如果無人陪他去，他根本沒有希望成功！」

蘭道夫大聲否決：

「你想也別想！

你連魔法師學校都沒畢業！你根本還不是合格的魔法師，這樣做

太冒險了！」

你想也別想！

哼……

可狼聰聰的回答更堅決：「蘭道夫舅舅，我是我們班級中成績最優秀的！如果你不相信，何不出題考考我？然後你再衡量我是否合格！」

蘭道夫以懷疑的目光久久打量着她，而狼聰聰的眼神則異常堅定。

蘭道夫歎了口氣：「好吧，我現在就要考考你。你可知我即將出的**三道難題**，只有真正的魔法師才能解開它們。你還敢嘗試嗎？」

狼聰聰的回答只有一個字：「敢！」

蘭道夫報出第一道題目：「首先，就讓我看看你是否能夠準確使用

魔法杖！

你能擊中我拋向空中的蘋果嗎？」

蘭道夫將三個紅蘋果**拋**向空中，一個接一個……

第一道考驗：
準確使用
魔法杖！

霍！

狼聰聰拿起**魔法杖**，只揮了一次，就擊碎了三個蘋果！

蘋果碎片被一陣藍光包圍，緩緩降落到地面，變成了一個香氣四溢的蘋果蛋糕！

大家都熱烈地讚歎喝彩：

「哇啊啊啊啊！」

狼聰聰拿魔法杖對蛋糕一指，頃刻間一層薄薄的玉桂粉**灑**在蛋糕上。

所有人都大聲地讚歎喝彩：

「哇啊啊啊啊！」

她又揮揮魔法杖……將蛋糕切成很多塊，盛在配着刀叉的 **銀餐盤** 中，端給在場的魔法師。

所有人又大聲地讚歎喝彩：

「**哇啊啊啊！**」

蘭道夫嘗嘗蛋糕，舔舔鬍鬚：「味道不錯嘛！現在我要看看你是否熟練掌握 **變身技巧**。」

他指指我，命令道：「把這隻小老鼠……變成 **蚊子**！」

狼聰聰舉起魔法杖，朝我一指。我還來不及叫聲「吱」，就變成了一隻大蚊子，只能發出「嗡嗡」聲！

　　所有人都大聲地讚歎喝彩：「哇啊啊啊啊！」

　　只有我心驚膽寒地飛在空中，不斷尖叫：

**第二道考驗：
變身技巧！**

噗！

哇！

是我啊！我變成蚊子啦！救命命命！

蘭道夫命令狼聰聰將我變回老鼠（真是萬幸！），而她也完美地完成了這道**變身術**！

　　蘭道夫沉吟許久久久久，輕聲嘟囔着：「呃嗯嗯嗯嗯嗯嗯嗯嗯嗯嗯嗯嗯嗯嗯嗯嗯嗯嗯嗯嗯嗯嗯嗯嗯嗯嗯嗯嗯嗯嗯嗯……」

第二道考驗：
再變身技巧！

霍！

他終於下了第三道命令：「你能夠馴服一頭

風暴巨龍

嗎？」

蘭道夫嘴裏發出一聲尖利的口哨，城堡塔樓的窗外突然出現了一頭狂野的風暴巨龍——這可是夢想國境內最具野性的龍族！

狼聰聰神色自若，毫不退縮地靠近那巨龍，巨

第三道考驗：
馴服風暴巨龍！

你願意和我交朋友嗎？

龍的鼻孔噴出滾燙的空氣。

　　狼聰聰先直視巨龍的雙眼，消除了他的敵意，隨後她向巨龍禮貌地伸出手去。這時，在場的魔法師們都在為她擔心，神色凝重。只見巨龍好奇地聞了聞狼聰聰的手……她就撓撓巨龍的耳朵，巨龍看上去很開心。

　　然後，巨龍和狼聰聰互相注視着對方的眼睛良久……狼聰聰湊近巨龍向他低語：「風暴巨龍，你願意和我交朋友嗎？」

　　巨龍垂下眼簾，看上去眼神游移不定。

　　狼聰聰微笑着詢問他：

「你願意讓我騎在你背上嗎？」

　　巨龍默許地低下頭。狼聰聰躍上龍背……飛上高空！

　　所有魔法師都跑到窗前，欣賞這一幕壯舉。大家紛紛讚歎喝彩：「哇啊啊啊啊啊啊！」

　　從那一天起，大家都稱呼她為「狼聰聰——與龍對話的少女」。

315

幽靈騎士

看到狼聰聰如此勇敢，蘭道夫歎了口氣：「好吧，你說服了我。如果你真想去，就去吧！不過，

也陪同你們一起去。」

狼聰聰抗議：「舅舅，拜託你不要讓他去！否則他一定會在我耳邊嘮叨『不許做這，不許做那』！」

「這正是我要求他隨你同去的原因！我需要有人時時照顧你！儘管你魔法能力出眾，可你**年輕**而且**沒經驗**！就這樣決定了！我蘭道夫說到做到！」

幽靈騎士
銀白

　　這一副銀鎧甲的舉止就像一位真正的騎士（他還擔任蘭道夫城堡——光之岩的護衛！）……其實鎧甲裏面空空如也！

　　很久以前，他只是陳列在武器室裏的一副普通的鎧甲，可他夢想成為一位真正的騎士，去經歷偉大的冒險。

　　蘭道夫神通廣大，知道了他的願望，於是在多年以前給這幅鎧甲賜予了生命，為他取名為「銀白」，並任命他為光之國的幽靈騎士。為了報答蘭度夫，銀白從那時起就開始擔任光之岩城堡的護衛，協助抵禦外敵入侵。

　　無論颱風還是下雨，晴天或是雨天，銀白都忠誠地守護着城堡。雖然銀白只有一副空洞的軀殼，但他也跟我們一樣很注重儀表呢！為了使鎧甲保持光亮如新，銀白平日花了許多功夫保養鎧甲，常常給鎧甲上油。

蘭道夫拍了拍手，我們立刻聽到金屬摩擦的聲音：只見幽靈騎士——銀白向我們緩緩走來！

我立刻認出他來：他正是城堡門前的護衛啊！

蘭道夫宣布：「大家聽着：

女巫集會

將於明天午夜召開。無名氏、幽靈騎士銀白和狼聰聰，你們立刻準備出發！我的坐騎**光明使者——繁星龍**，他忠誠又耐勞，可以送你們前往女巫國。不過，你們要記住：一定要在黑夜結束前到達目的地。因為當第一縷陽光灑向地面時，繁星龍就會消失。」

狼聰聰驚訝地睜大眼睛，感動地說：「你居然讓我們動用你的坐騎？謝謝你，舅舅！這是我們的**榮幸**。我保證會好好照顧繁星龍！別擔心，我

已經研究了飛行路線：我們一定會在太陽升起前到達。」

正在此時，一位信使匆忙地跑進來，彎腰湊到蘭道夫耳邊**低聲**說了些什麼。

蘭道夫的臉色頓時變得凝重：「我必須告辭了，因為我有要事和蝶蝚智者和甜夢太太商量。魔法師大會就此解散！」

大廳中的魔法師們漸漸散去，而我們也跟在人羣後面，心情久久**難以平息**……

冒險旅程即將

開始啦！

兩頂間諜帽

我們走出大廳後，我向狼聰聰道謝。

「謝謝你的幫助，我……」

她打斷了我的話：「好啦，不用客氣，騎士！我要求和你同去，是為了讓大家看到我的魔法實力！（特別是我的舅舅蘭道夫，他總是像對小女孩一樣對待我。）現在隨我來吧，我們必須收拾行李。你可要準備好了：我們

後立即出發！」

狼聰聰帶我來到魔法師學員宿舍，而幽靈騎士則守在門外。我們剛踏進房門，就立刻被**激動萬分**的貓瑩瑩、狐嬌嬌和熊莉莉包圍了。

　　「我們都聽說啦，狼聰聰，你在魔法師大會上的表現真是太棒了！這下你那個老頑固舅舅可要對你刮目相看啦！快和我們說說，你如何把無名氏從老鼠變成了蚊子，然後再把他變回原形？」

　　狼聰聰坦誠地說：「姊妹們，這個考驗**太難**啦，其實我擔心自己根本不能把他變回來，那無名氏只能永遠當蚊子啦……」

　　我頓時嚇得臉色**發白**，差點暈過去：「什……什麼？我差點永遠當蚊子？真可怕！」

　　狐嬌嬌的嘴角漾起狡黠的笑容：「我們作為你的好朋友，希望你一路平安，並要助你一臂之力。我們為你準備了特別禮物：一對

間諜帽！

你戴一頂，將另一頂送給妮勒迪娜。」

貓瑩瑩把兩頂精美絕倫的女巫尖頂帽遞給狼聰聰。每頂帽子中央綴着璀璨的**紅寶石**，帽尖上鑲着一顆大**黑珍珠**，帽沿上也鑲有一圈小黑珍珠。

她解釋說：「狼聰聰，你先戴上一頂帽！然後，再將另一頂放在純金打造的帽盒中，送給妮勒迪娜……」

說着，她拿出一個尖頂帽盒，上面鑲嵌了一圈紅寶石，中央有一個牌子寫着幾個**夢想語字母**，也就是夢想語中妮勒迪娜名字的首字母，隨後開始唱到：

「你覺得這兩頂帽子如何？
我們精心趕製的，看上去很不錯！
每一頂帽子都神奇，更帶有魔力！
妮勒迪娜見到它們，也一定會歡喜！」

狼聰聰發出驚喜的尖叫聲：「太謝謝啦！」

兩頂 間諜帽

狐嬌嬌神秘地低聲説：「這兩頂帽子不僅美麗，而且很**特別**！你可知為何它們叫做『間諜帽』？因為它們能當**間諜**。那頂帽子將會監視妮勒迪娜，把她的一舉一動匯報給你的帽子。這樣你就可以輕易發現妮勒迪娜把**保險箱**藏在何處。」

狐嬌嬌鄭重地説：「現在我們來一起唸咒語：**間諜魔法兒**！看好了啊，狼聰聰！」

　　只見狐嬌嬌、熊莉莉和貓瑩瑩齊齊將魔法杖指向兩頂帽子。

　　三個小伙伴齊聲唱：「你們兩個齊上陣，所見之物必成雙！一個看到了什麼，莫要忘記和對方說！你們是一對間諜帽，帽子中你們最狡黠！」

　　狼聰聰在一旁十分**開心**，眼角泛出感動的淚花。我還從未見過她流淚呢！

　　「**親愛的朋友們**，現在我做好準備了。要是沒了你們，我該怎麼辦呢？如今我充滿了力量，你們的友情我終身難忘！」

　　四位好朋友一起舉起魔法杖，高聲說：

「我們以魔法杖起誓，友誼地久天長！」

我們一起發誓！

友誼地久天長！

兩頂間諜帽的

這頂帽子在
月光下會自
動充電。

黑珍珠：
帽子的開關

紅寶石：
用於管理
傳遞信息

1號間諜帽

這一頂間諜帽負責偷聽妮勒迪娜所説的話並
監視她的行為……並將這些信息傳遞給狼聰聰戴
的2號間諜帽！

狐嬌嬌、熊莉莉和貓瑩瑩施加在這頂帽子上
的魔法力量很強，因此這頂間諜帽很有用啊！

操作指南

黑珍珠：
帽子的開關

孔雀羽毛：
定位接收天線

紅寶石：
用於管理
接受信息

2號間諜帽

　　這一頂帽子負責接收第一頂帽子傳遞過來的
信息，因此能夠即時了解妮勒迪娜的一舉一動。

　　只要拉一下帽尖上的黑珍珠，間諜帽的間諜
功能就會自動開啟。如果連拉兩下黑珍珠，這項
功能就會關閉。

馮・德拉肯七兄弟

很快，狼聰聰已經整裝待發，她對我說：「我已準備好前往暗夜堡啦！騎士，你準備好了嗎？這次旅程十分危險……」

妮……妮勒迪娜可能會把我關起來……

或者把我變成一隻長滿膿……膿包的癩……癩蛤蟆

……再不就拿我來餵她的黑……黑貓

　　想着想着，我**害怕**得鬍鬚**抖**個不停，喃喃地說：「那麼……總之……或許……你可以告訴我……如果我們身處險……險境……你會立刻向蘭道夫求援，對嗎？」

　　狼聰聰回答我：「騎士，沒這個必要，我們自己就能處理！如果我們遇到麻煩，我就會請幾個好朋友來幫忙，他們就是

馮・德拉肯
七兄弟！」

　　狐嬌嬌發出一聲夢幻般的歎息，捋了捋火紅色的馬尾辮，讚歎道：「啊，馮・德拉肯七兄弟！他們多**結實**、多**厲害**、多**俊美**、多**可愛**、多**活潑**、多……」

　　貓瑩瑩和狼聰聰心照不宣地眨眨眼睛，打趣說：「尤其是尼布思，對吧狐嬌嬌？」

　　她們話音剛落，門開了。走進來的不是別人，正是馮・德拉肯七兄弟！

馮・德拉肯
七兄弟！

尼布思
能操縱風

福爾格
能操縱閃電

傑力多
能操縱冰霜

　　馮・德拉肯七兄弟是兩位精通氣壓元素的魔法師——
和諧叔和自然嫂的孩子，他們個個身懷絕技……

　　這七兄弟和其他家族成員一起住在飛天國——這個
小國家是一個龍形狀的飛行保壘，一直在夢想國的天空
中航行……

卡里果
能操縱霧氣

格蘭多
能操縱冰雹

布魯斯
能操縱雨水

轟隆隆 **弗蘭哥**
能操縱雷鳴

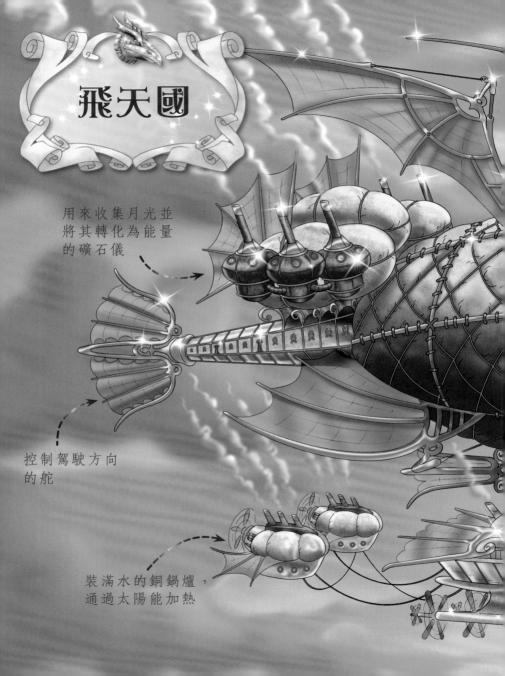

飛天國

用來收集月光並
將其轉化為能量
的礦石儀

控制駕駛方向
的舵

裝滿水的銅鍋爐,
通過太陽能加熱

鑲滿太陽能板的機械翅膀，
能夠充分採集太陽能

螺旋槳引擎

這是唯一在夢想國境內沒擁有任
何國土的國家。因為它的領地就是這
一艘巨大的飛船。

七位身材健碩的年輕魔法師走進房間。他們身穿鎧甲，上面刻着騰躍巨龍形狀的家族紋章。

　　七位青年將手放在胸前，逐一高聲報上自己的名字。

卡里果
福爾格
弗蘭哥
格蘭多
布魯斯
傑力多
尼布思

七兄弟的大哥作為代表發言：「無名氏，你可是我們敬仰的英雄！雖然你不小心弄丟了**仙人戒**，但我們馮・德拉肯七兄弟仍以你為榮！如你需要我們幫忙，我們樂意效勞！」

　　狼聰聰說：「騎士，你看吧？一旦我們遇到危險，貓瑩瑩、熊莉莉和狐嬌嬌就會立刻召喚馮・德拉肯七兄弟……他們能夠化身為**龍**，而且可以操縱自然氣象啊……」

　　就在此時，上課鈴聲響了。

叮鈴鈴鈴鈴鈴鈴鈴鈴鈴鈴鈴鈴鈴鈴鈴鈴鈴！

　　福爾格大叫起來：「小息結束了，我們必須走啦！圖瓦喬和羅望子*兩位教授從不允許學員遲到：要是我們被逮到，他們一定會懲罰我們的！上次他們罰我們抄了三十遍夢想國地圖……」

　　隨後，七兄弟飛速溜走了，快如閃電。

*圖瓦喬和羅望子：這兩位老師在魔法學院裏分別教授地理課和魔法探索課。

　　狐嬌嬌向狼聰聰眨眨眼：「幸好我們兩節課當中有一小時休息時間！如果你需要化妝成女巫，我可以把**魔法道具箱**借給你，你看看有什麼用得着，盡情挑選吧！」

　　在好友們建議下，狼聰聰從狐嬌嬌的箱子裏翻出了一堆**薄紗**、**服裝**、**圍巾**、**帽子**和**珠寶**，

狼聰聰如何打扮成女巫……

她換上仿如暗夜般漆黑的絲綢衣服

她戴上女巫界最流行款式的手鐲……

然後她鑽到屏風後面……

當她再次露面時，我驚嚇得昏了過去！

咕吱吱！

她簡直像個真正的 女巫！

最後，她戴上了間諜帽。當我
看到她時，驚嚇得昏了過去！

神奇的魔法秘典

當我蘇醒時，看見狼聰聰正用魔法杖敲我的腦袋，一邊嘟囔着：「騎士，現在是昏倒的時候嗎？」

我揉揉腦袋瓜：

唉喲！

騎士，難道現在是昏倒的時候嗎？

唉喲！

我的命可真苦，狼聰聰簡直和她脾氣暴躁的舅舅一模一樣！

她揚揚眉毛：「騎士，如果你看到位假**女巫**就昏過去，那當你看到……真女巫時，你會怎樣呢？」

我嘟囔道：「呃……那是因為我沒預料到你會變成這個模樣。我們抵達暗夜堡後我肯定不會這樣子，我是說盡力不會，希望不會……」

「唉……我們等着瞧！現在你可要抓緊時間了，我們必須做好準備：太陽正在落山，繁星龍馬上就會出發！你看看窗外，即將降臨……」

我的心激動地撲通直跳着，我確認了魔法鑰匙開孔禮完好地放在背包裏後，便提起金帽盒和狼聰聰的行李箱出發了。我跟在這位新朋友後面，穿過長長的魔法學院走廊，然後爬樓梯走到最高的塔頂，繁星龍會在那兒等候接送我們……

我們穿過一個個大廳、寬廣的大廳和巨大的大廳，爬過一級級樓梯、長樓梯和長長的樓梯，路過一間間房間、大房間和超大的房間，而幽靈騎士銀白則緊跟在我們身後作為保鏢，一路發出吱嘎的聲響……直到我們來到一扇金色大門前，上面刻着用夢想語書寫的大字*……

　　狼聰聰推開房門走進去，只見房間內放着一個樂譜架，上面有一本攤開的大書。

　　她指着那本書說：「這就是《**魔法秘典**》……天知道我舅舅蘭道夫哪天才會認為我配得上用它？我們進行的**任務**這麼危險，要是能帶上它該多好！這本書包含魔法師所需的全部知識……」

　　隨後，她鄭重地翻開了這本書，這本書就像中了魔法一樣沙沙作響，一頁頁紙居然自己翻動起來……

哧啦

　　狼聰聰向我講述了《魔法秘典》的故事……

*你能讀懂上面寫了什麼嗎？請參照第585頁的夢想語詞典！

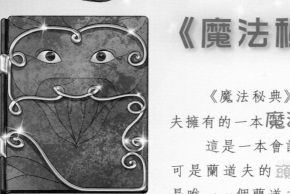

《魔法秘典》

《魔法秘典》是偉人蘭道夫擁有的一本**魔法**書。

這是一本會説話的書，他可是蘭道夫的**頭號**軍師！他是唯一一個蘭道夫信賴不疑的著作，也是唯一一個……能夠忍受蘭道夫壞脾氣的！

這本魔法書是由光之國偉大的魔法師祖先——智者光照伯撰寫的，他利用仙人墨水來書寫文字。這本書由極為珍貴的**紙張**製成，紙的原料來自一種珍稀植物的樹皮。這種植物就是長在光明山頂的「光明樅」，它每一百年才破土出芽，生命周期只有短暫的一夜：夏季的第一個月圓之**夜**。

蘭道夫十分珍愛這本書，並且不允許任何人借走他。

這本書蘊藏了威力無窮的魔法，一旦他落

入壞人之手，就會十分**危險**……因此，蘭道夫將他保存在一間密室中！

　　然而，獨自待在密室中的《魔法秘典》覺得十分孤獨，他一直**夢想**着認識些新朋友，跟大家一起踏上冒險旅程，並運用自己的能力打敗女巫！因此，他決定跟隨狼聰聰和無名氏，共同踏上取回仙人戒的冒險**旅程**！

光明使者——繁星龍

我們在▨靈騎士的護送下，向塔頂走去。

我拿着沉甸甸的黃金帽盒，累得氣喘吁吁地說：「**呼哧**……《魔法秘典》……**呼哧**……真是……**呼哧**……好特別！我有一瞬間……**呼哧**……感覺他……**呼哧**……似乎有生命！」

狼聰聰哈哈大笑：「騎士，你的感覺沒錯！我肯定他有生命！」

她向四周瞅瞅，隨後神秘地補充說：「有一次我聽到舅舅和他講話呢！」

我們穿過了一扇小門……又**攀**上一段窄窄的樓梯……

向上爬……　向上爬……　向上爬……　向上爬……　向上爬……　向上爬……

348

……向上爬……向上爬……

　　而我手中的帽盒越來

越重……

　　　　越重……

　　　　　　越重……

　　我們總算爬上了塔

頂，只見一條閃閃發光

巨龍正盤踞在那裏等待

着。巨龍的身型非常

龐大！身上布滿了很

多星星。

　　原來他就是……

光明使者
繁星龍。

光明使者
繁星龍。

在繁星龍的翅膀上

在光明岩城堡的塔頂上，除了巨龍以外空無一人。我失望地說：「嗚嗚嗚，誰也沒來送我們⋯⋯」

狼聰聰回答：「光明使者性格**暴躁**。他只允許我的舅舅蘭道夫靠近他。因此，沒有誰敢接近這裏！」

「你說他性格暴躁？那麼你覺得他⋯⋯我是說我⋯⋯我們⋯⋯能夠駕馭他嗎⋯⋯還是說⋯⋯也許⋯⋯或許⋯⋯他會把我們**燒成灰**？」

一把雷鳴般的吼聲打斷了我：

我嚇得從鬍鬚尖一直顫抖到尾巴尖，戰戰兢兢地說：「龍⋯⋯龍先⋯⋯先⋯⋯先生，請你**不⋯⋯不⋯⋯不要把我們燒⋯⋯燒⋯⋯燒成灰！**」

　　「噢！這女孩我認識，她是蘭道夫的外甥女——狼聰聰！而他——那個全身鎧甲的傢伙，是我的老朋友：幽靈騎士！只有你這個小老鼠，我從未見過你：你倒是給我個好理由，否則我會把你燒焦！」

　　我嘟囔着說：「呃，我需要借你的力前往暗夜堡！因為我要取回**仙人戒**，用來對付妮勒迪娜並⋯⋯」

　　繁星龍打斷了我的話：「⋯⋯並關閉現實和夢想兩個世界之間的通道！我早就聽說了！你的事夢想國人人皆知。大家都怪你，誰讓你弄丟了戒指！⋯⋯你還害了芙勒迪娜，她的**王位**都快不保啦！」

　　我垂下頭：「沒錯，都怪我⋯⋯」

就在此時，我掛在脖子上的秘密聯盟吊墜在月光下映出光芒。

　　巨龍見到那枚吊墜，眯縫着眼睛陷入沉思。

　　狼聰聰逐漸靠近巨龍，盯住他兩隻大眼睛，那

眼睛如水般清澈，
如星光般閃爍。

　　隨後，她平和地說：「我的舅舅蘭道夫允許我可以騎到你背上，偉大的光明使者。

偉大的光明使者！

「我能有此榮幸嗎？我們有重要的任務要完成，時間緊迫！只有你能載我們去暗夜堡。」

巨龍第一次露出微笑。

「那小老鼠戴着秘密聯盟的**吊墜**。我認出那墜子啦！既然芙勒迪娜贈給他這墜子，一定非常信任他……那麼他也值得我信任！」

他垂下蔚藍色的大腦袋，説：「上來吧，我會在太陽升起前載你們飛到**暗夜堡**！」

狼聰聰和幽靈騎士騎上巨大的龍背，而我扛着全部的行李也緊隨其後。

光明使者繁星龍開始助跑……

撲棱！ 撲棱！ 撲棱！ 撲棱！

隨後，他展開巨大的翅膀，飛了起來……

撲棱！ 撲棱！ 撲棱！ 撲棱！

就在此刻，一把聲音高呼喊道：

「等等！我也去！」

我們望望右邊，空無一人！

好奇怪！

我們望望左邊，也空無一人！

好奇怪！太奇怪了！

我們小心翼翼地朝後望去，仍然空無一人！

好奇怪！太太奇怪了！

最後，我們抬起頭睜大眼睛，看見……

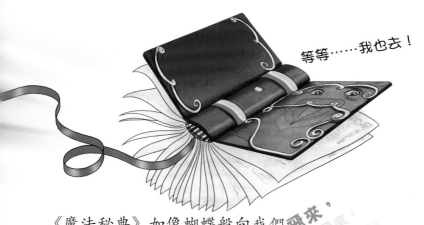

等等……我也去！

《魔法秘典》如像蝴蝶般向我們飛來，飛來，飛來，
只見他的一頁頁紙在空中翻動着，就像蝴蝶的翅膀
在上下撲扇。

　　眼看《魔法秘典》飛到我們身邊，狼聰聰眼
明手快，趕忙一把抓住了他。此時，光明使者繁星
龍正欲起飛，狼聰聰將《魔法秘典》緊緊摟在
懷中……

哇啊！！不可思議！

你們看！是魔法秘典！

我們越飛越高，我俯瞰下方，發現光之岩城堡的每扇窗戶旁都擠滿了**男魔法師**和**女魔法師**，還有魔法學校的學員。

大家向我們**揮手告別**，並高聲呼喊着鼓勵的話語。

在人羣眾多的面孔中，我認出了熊莉莉、貓瑩瑩、狐嬌嬌和馮·德拉肯七兄弟。

他們一起**揮舞**着魔法杖……天空中頓時出現了兩行大字，散發着耀眼的光芒……

朋友們，一路平安！
祝你們一切順利！

進入女巫國

此章節描述了無名氏抵達女巫國後潛入妮勒迪娜的皇宮——暗夜堡的經歷。

落日時分的邪惡颶風

繁星龍撲扇撲扇着非常巨大的翅膀,快如閃電地飛翔起來……

他的身影如同暗夜中最閃亮的那顆星!

風聲在我們身邊呼嘯,狼聰聰将将被風吹亂的頭髮,欣慰地說:「太好了!我們定能在黎明前趕到暗夜堡!我會竭盡全力發揮自己的魔法,幫助你奪回仙人戒!」

魔法秘典翻動着書頁：「窸窸窣窣……狼聰聰小姐，在下謙虛地説：要不是我書中藴含了高深的魔法秘訣，你們休想能夠完成任務……」

幽靈騎士扭動着鎧甲吱嘎作響：「那我該説些什麼？要不是有我在，你們休想贏，因為這兒只有我知道如何格鬥！」

繁星龍發出一聲龍嘯，大笑着説：「嗷嗷嗷，誰能載着你們在一夜間飛到暗夜堡？要不是有我在，你們就別做夢了！」

説完，他猛地**加速**起來，我們趕忙緊緊地抓住他背上的骨板，那骨板如

七彩繁星

般閃耀。

我尖叫起來：「咕吱吱！」

　　巨龍得意地大笑，然後説：「現在你們明白誰最重要了吧？」

　　為了停止紛爭，我大聲勸説：「夠了，朋友們！**我們大家都很重要！**只有大家都出力，我們才能營救芙勒迪娜！只要**團結一心**，我們就是**最強的團隊**……」

　　聽罷，大家終於停止了爭吵，總算可以繼續**飛行**了。可很快我發現事情並沒有預期般順利發展……

　　嗚嗚嗚，這天晚上天上颳起了一股冰冷冷、散發臭味的強風，從我們前進的方向猛地逆吹而來……

　　它就是**落日時分的邪惡颶風！**

　　繁星龍逆着風，飛得越來越吃力。

　　我們距離目的地每近一步，

　　巨龍就越發疲累……疲累……疲累……疲累……疲累……疲累……疲累……

巨龍揮動翅膀的力度越來越弱弱弱，

我們飛行的速度變得越來越慢……

慢……慢……慢……慢……慢……慢……慢……慢……慢

慢……慢……慢……慢……慢……慢……慢……慢

我腦中回想起蘭道夫的話：「你們一定要在太陽升起前抵達目的地……只要第一縷陽光灑向地面，繁星龍就會消失！」

地平線上泛起魚肚白，我緊張得鬍鬚亂顫，問道：「狼聰聰，我們還要多久能到？」

狼聰聰沉着臉說：「我們還遠着呢！邪惡的黃昏颶風減慢了我們的速度。我不知道是否來得及在太陽升起前到達！」

我立刻鼓勵巨龍，高呼：「加油啊，光明使者繁星龍！挺住啊啊啊啊啊啊啊啊！」

繁星龍高聲唱起了龍族的秘密曲子，這首歌能讓他全身湧起力量，奮力以光速前進啊！

嘿喲我要高聲唱，
飛呀盡情地翱翔，
比風兒還要迅速，
飛呀飛呀不減速！
我的曲子很神奇，
為我加油又鼓勁。
任你東西南北風，
無法阻擋我前進！
嘿喲我要高聲唱，
飛呀盡情地翱翔，
比風兒還要迅速，
飛呀飛呀不減速！

　　巨龍加快了速度，然而已經來不及了。第一縷

陽光從天上的雲層灑向地面……

　　就在這時，巨龍在霎時之間消失得無影

無蹤！

　　我們從天上掉下來。

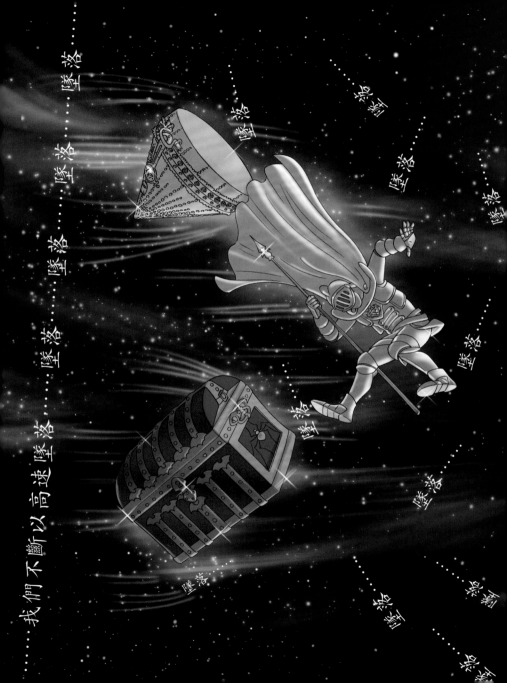

我們不斷以高速墜落……墜落……墜落……墜落……墜落……墜落……

以一千塊莫澤雷勒乳酪的名義，我覺得自己就要摔成**鼠肉醬**啦！

幸好我們的着陸地點，是一片鋪着厚厚落葉的沼澤地。

我心感僥倖，深深地歎了一口氣：「**咕吱吱**……不可思議，我居然還活着，而且身體各部分完好無……」

我還沒説完，幽靈騎士就重重地砸在我腦袋上……**砰**！

然後是狼聰聰……**砰砰**！

接下來是《魔法秘典》……**砰砰砰**！

還有行李箱和（重得要命的）

黃金帽盒……**砰砰砰砰**！

哇啊！！

我終於……口吐白沫昏了過去！

374

女巫的臭味

　　不久，我睜開雙眼，可是頃刻又差一點昏了過去……這次卻是因為被一股難聞的臭氣熏倒！

　　風中瀰漫着這股氣味……

　　這種氣味臭得可怕，簡直難以形容、匪夷所思！這正是……

的氣息！

　　這種氣味就像枯萎了的花朵……發霉的細菌……濕漉漉的葉子……腐爛的海藻……變質的捲

心菜……過期的乳酪……變臭的雞蛋……

我們已抵達女巫國！

我在 **沼澤地** 向遠處眺望，依稀看見兩座建築。一座是斯蒂亞的女巫塔，我一眼就認出了這座建築，因為我曾在第一次漫遊夢想國時來到過這裏，而另一座 **城堡** 則聳立在斯蒂亞那女巫塔的正前方。

我曾經在奇跡之球上見過這座城堡：它就是暗夜堡……妮勒迪娜在一夜間造出的新式 **女巫** 城堡。整座城堡四周都是可怖的黑暗！

這正是我們要去的地方……

時間一分一秒地流逝……我們能來得及在一個月內返回水晶宮嗎？

女巫國

1. 暗夜堡
2. 蒼白幽靈峯
3. 假巫婆林
4. 黑沼澤
5. 眼淚湖
6. 悔恨河
7. 乾骨沙漠
8. 躁動幽靈墳場
9. 嗡嗡沼澤
10. 腐爛山
11. 噩夢林
12. 巨蠍地
13. 女巫塔

女巫的城堡

我嚇得鬍鬚直抖，默默地跟隨其他伙伴向

走去。我們深一腳淺一腳地在沼澤地裏跋涉……蒼蠅在四周成羣結隊地飛舞……腐爛的樹根到處都是……一雙雙邪惡的眼睛虎視眈眈地望着我們……

我們所在之處名叫嗡嗡沼澤：這片沼澤地因布滿了嗡嗡亂叫的蒼蠅而得名！

好噁心，好可怕，好恐怖！

幽靈騎士十分討厭沼澤地的潮濕：「真倒霉，希望我的鎧甲不要生鏽喀喀作響！」

而魔法秘典一邊撲扇，一邊嘟噥着說：「呀，千萬不要弄髒我內頁珍貴的紙張！」

狼聰聰大聲宣布：「我的計劃如下：我們敲響女巫城堡大門。我宣稱自己來自遙遠的騙子公國，是七宗罪家族的油滑女巫。此次特地前來女巫國拜訪，隨行的還有我的醜八怪侍從（就是騎士你啦！）以及我的保鏢（就是幽靈騎士銀白！）。作為見面禮，我要給妮勒迪娜送上以黃金打造的帽盒和裏面收藏着的那頂間諜帽！」

於是，我們按照計劃來到了暗夜堡。

好噁心，好可怕，好恐怖！

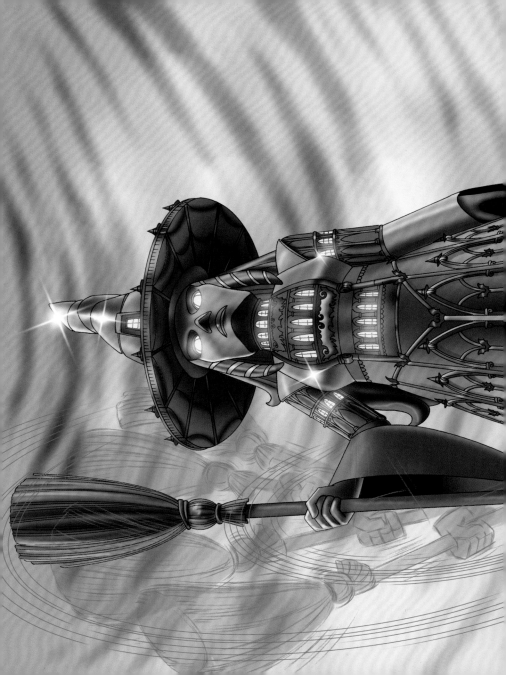

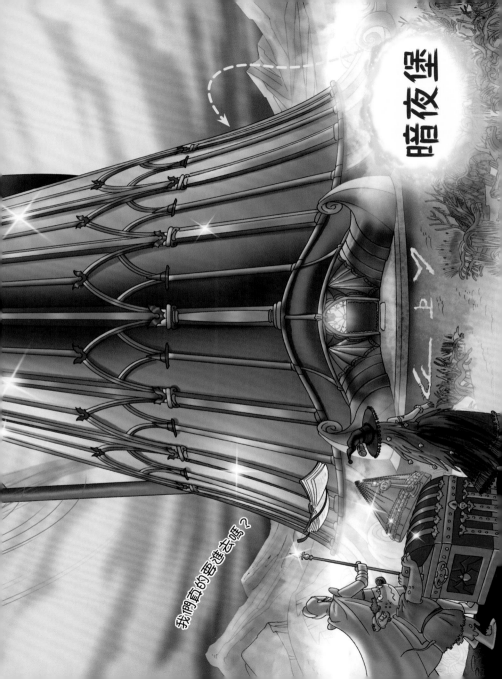

時間一分一秒地流逝……
我們能來得及在
一個月內返回水晶宮嗎?

狼聰聰提醒我:「等會兒我們進入城堡後,你的言行要符合醜八怪的舉止:說話時,記得結尾加『哼哼』,時不時地打個**嗝**,還要**吐上幾口痰**!

霍!噗!噗!噗!噗!噗!噗!噗!

我可要提醒你:女巫們經常會**揪打**她們的怪獸侍從,到時我也會這樣對待你!」

我歎了口氣:「好吧,為了找回仙人戒,你想怎麼**打我都可以**……」

幽靈騎士在自己的關節處塗上潤滑油,然後鼓勵我們:「我會遵守對蘭道夫的許諾,一定會保護大家!」

這時，魔法秘典閉上眼睛，並合上起來，現在可沒人看得出他是一本有生命的 書 。

　　「現在，我會偽裝成一本普通的書，以免引人注意！」

　　狼聰聰深吸一口氣，問大家：「都清楚了嗎？你們準備好了嗎？那麼……

出發！出發！出發！出發！出發！出發！出發！出發！

出發！出發！出發！出發！出發！出發！出發！

我準備好了！
狼聰聰小姐！

我準備好了嗎？
呃……要我說……
可能……誰知道呢……
也許……多少

你們準備好了嗎？

我也準備好了！

歡迎來到暗夜堡

我扛起行李，戰戰兢兢地靠近暗夜堡。

咕吱吱，我聞到了可怕的**女巫臭味！**

我敲敲城堡大門。

咚！

可沒有誰應答。

我又敲了敲：「**咚咚！咚咚！**」

可城堡內一片寂靜。

我壯起膽子，繼續敲下去：

「**咚！咚咚！咚咚！**」

一把聲音尖叫道：「木頭腦袋，你難道不知道想進魔法城堡，就要連敲**3**次次次嗎？」

我斗膽詢問：「誰……誰在講話？」

「你說誰在講話，你這個榆木腦袋瓜？很顯然是我——城堡大門啊！你身上的味道可真難聞，醜八怪！」

城堡的大門露出兩隻兇惡的大眼睛，還有一張沒剩幾顆牙齒的大嘴巴！

那大門馬上吼道：「快點，你到底要不要進內？我可不想傻等你，我還有其他事要忙呢！」

城堡大門前的擦鞋墊發出尖叫：「你這個沒教養的醜八怪，進門前先把腳擦乾淨！」

我們一行人走進城堡，大門在我們身後猛地關上了：

砰乓乓！

一個以大理石雕成的半身塑像對我指指樓梯：「別磨蹭，從那裏走上樓！你這個傻瓜蛋，難道什麼都要我來告訴你嗎？」

我腳下踩的地毯尖聲催促：「快走，你還等什麼？」

我注意到城堡的牆壁上掛滿了歷代著名女巫的肖像畫，其中最大的一幅畫，畫中人正是她，的

的確確是她……

妮勒迪娜！

一隻頭頂光禿禿的禿鷲站在樓上迎接我們，他招呼道：「你好啊，這位女士，請出示你的證件！」

女巫身分證

姓名：
油滑女巫，生於七宗罪家族

居住地：
騙子公國

出生日期：火龍年的第三個朔望月

職業：第七級女巫

特長：精通偷竊及其他歪門邪道之術

面部特徵：鼻子上有顆瘤

狼聰聰胸有成竹地遞給他自己的女巫**身分證**（假的！）

「我來此地參加女巫集會！我身旁的這兩個傢伙，分別是我的**醜八怪**侍從——傻瓜蛋，以及我的保鏢——幽靈騎士。」

歡迎來到暗夜堡！

這是夢想國內
最奢華的女巫城堡！

　　早餐時間為月亮升起之時，請您準時到達餐廳，因為怪獸大廚耐心有限。

　　如果您遲到的話，小心成為他飼養的食肉蝙蝠的盤中餐！

　　女巫集會將於午夜準時召開：屆時各位女巫將在妮勒迪娜和斯蒂亞兩位候選人中選出新皇后！

間諜帽的把戲

　　禿鷲的眼神快速掃過狼聰聰頭上式樣新潮的帽子、魔法秘典精美的裝幀、幽靈騎士銀光閃閃的鎧甲，最後他的目光停留在鑲嵌了各種珠寶的

黃金帽盒　　上。

　　他戴上單片眼鏡，激動地嚷嚷：「以一千隻鳥嘴的名義，這玩意是什麼？」

　　狼聰聰故意漫不經心地回答：「啊，這個嗎？這是我獻給妮勒迪娜的禮物：以黃金打造的帽盒，裏面裝着一頂款式高貴的女巫帽，和我頭

真華麗！

396

上戴的這頂一樣啊！整頂帽子由絲線繡

成，上面點綴着碩大的紅寶石，帽尖

上還鑲有一顆黑珍珠！」

　　狼聰聰隨後遞給禿鷲一枚金幣：「你能替我

將這份禮物轉交給妮勒迪娜嗎？我相信她會喜歡

它！」

　　禿鷲將金幣揣進口袋，承諾說：「尊敬的油滑

女巫小姐，**我以一千根斑點羽毛的名義起誓，**

會幫你將這份大禮轉交給我們偉大的黑暗女神——

妮勒迪娜。」

　　禿鷲吻了吻狼聰聰的手，說：「我會為各位

提供這裏最高級的房間：帽頂塔的第13號女巫

房，從房間窗戶可以鳥瞰整個嗡嗡沼澤啊！」

　　狼聰聰又塞了一枚金幣到禿鷲爪中，禿

鷲諂媚地鞠了一躬，他的喙都快吻到地板了：「尊

敬的油滑女巫小姐，我名叫『蒼黑鷲』，在下隨傳

隨到！」

此時，我們身後已經出現了一長長的隊伍，女巫們都一臉不耐煩地抱怨起來。

「喂喂喂喂喂喂喂，能不能快點啊？」

「我們在排隊隊隊隊隊隊隊隊隊隊隊隊隊隊隊隊隊！

「難道要我們在前台過夜嗎！」

蒼黑鷲嘎嘎大叫：「以一千塊完好無損的頭骨名義，我現在必須招呼其他客人了。最後，他提醒各位：女巫大會將於今晚午〇夜準時開始！

還有我們在排隊呢！

你們讓一讓！

快走開！

「這是城堡的**地圖**,以及你們房間的鑰匙!」

狼聰聰在我屁股上踢了一腳,叱喝說:「大傻瓜,還不拿好**鑰匙**,把我的行李拿到第13號房!動作利落點,你這個慢吞吞的醜八怪!」

我歎了口氣,只好按照她的吩咐去做。

看來我們的計謀還真奏效⋯⋯

妮勒迪娜的暗夜堡

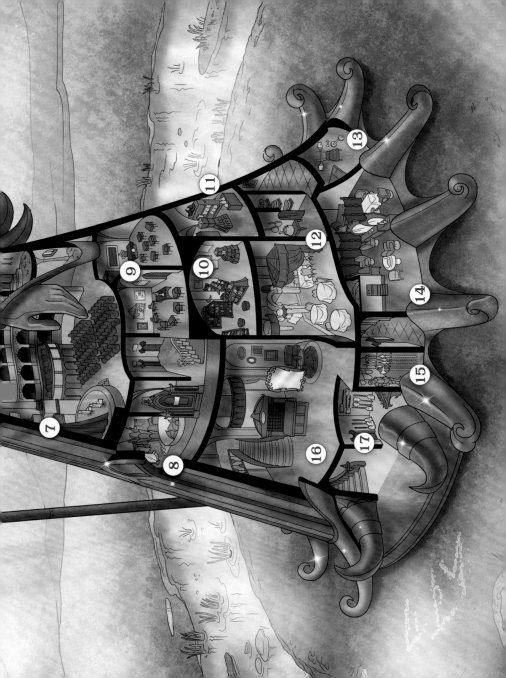

城堡的機關

我們按照地圖，在這可怕的女巫城堡裏摸索……

城堡裏到處都是令我毛骨悚然的女巫

機關！

噢喲！

四處滑動的地毯

其中有四處滑動、想把我絆個鼠啃泥的**地毯**、有反射我變形身材的哈哈**鏡**、有專門以夾我**尾巴**為樂的大門、還有懸掛在牆上吵個不停的畫，以及互相**擰來捏去**的雕塑！

在牆邊站立的一副鎧甲突然用矛捅捅我的臀部，然後跟幽靈武士銀白大戰一場。他們可

天啊……

哈哈鏡……

真是好鬥的**鎧甲**武士！

嗖喲！

淘氣的門……

　　整個城堡十分**華麗**，佔地**寬廣**，**配置**了女巫日常所需的各式店鋪，從女巫酒館到女巫美容院，還有女巫高級餐廳等等！甚至還有販賣最新女巫款式圍巾的**店鋪**……裏面擠滿了忙着試圍巾的女巫！

咕吱吱，女巫的腳丫子可真臭啊！

什麼？

沒教養的畫……

　　我幾乎要……被臭味熏得暈倒了！

哇啊啊啊！

……喜歡扎我的
鎧甲武士！

答案參見第588頁。

女巫美容院

答案參見第588頁。

在這裏，你會實現變得比其他女巫都要「美」的夢想。我們擁有女巫美容界專家蝨子團隊！牛痘蝨先生可以為你在鼻尖上弄出一顆顆碩大的膿瘡、大瘤和毒疣！牙醫蝨能夠為你打造出缺牙漏風的女巫式招牌笑容！燙髮蝨會將你的頭髮燙得凌亂不堪，而療皮蝨則會把你的皮膚變得像雞皮般疙疙瘩瘩，還能讓你的鼻子長滿膿包！

高級訂製
女巫服裝店

你能在圖中找
出服裝店裏有多
少隻禿鷲嗎?

答案參見第589頁。

怪客・拔毛仙——女巫國高級訂製服裝界的頂級大師，專為尊貴的女巫們度身訂造各式獨特的服飾！

在這間服裝店裏，我們用上乘的衣料：巨型蜘蛛絲編織而成的柔紗、蝙蝠的翅膀、蟑螂和綠金龜子之卵，以及巨型蜈蚣鱗片等各類高檔配飾。

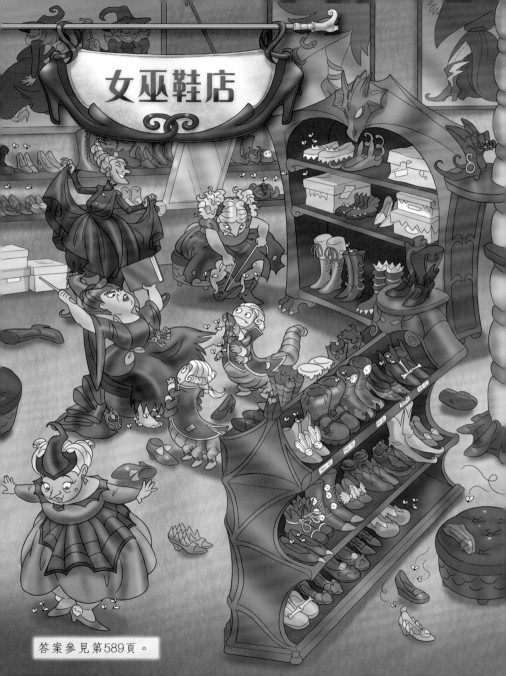

女巫鞋店

答案參見第589頁。

你能在圖中找出這一隻鞋子在哪兒嗎？

每位女巫都渴望有一雙適合自己臭腳板的鞋。在這裏，我們為各位提供各種各樣的選擇：絲綢縫的晚宴鞋、舞會專用鞋、去沼澤地採集蕁麻的長靴、飛天鞋（可以牢牢吸住掃帚，使你不至於高空墜落！），以及防滑的女巫輕便鞋……

答案參見第589頁。

請注意:

- 本餐廳只限穿着盛裝打扮的女巫方可入內,衣履不整,恕不招待。
- 請各位把掃帚存放在指定的掃帚寄放室。
- 請各位把魔法杖留在餐廳外(餐廳內禁止進行決鬥!)。
- 所有的女巫魔法侍從必須在外等候,我們會為其提供指定的隨從餐,包括腐爛的海帶卷以及其他美味小食!

當我們快走到房間時，迎面遇見了一隻**毛髮**如墨水般漆黑光滑的貓咪。他身穿星星圖案的魔法師長袍，頭戴尖頂高帽。他就是……

饒舌鬼黑貓！
尼諾

妮勒迪娜的巫術助理！

我曾在奇跡之球中見過他……

他站在一扇門前，正在用一把銼刀磨着**爪子**，那門上寫着用夢想語書寫的一行文字*。

*你能讀懂上面寫了什麼嗎？請參照第585頁的夢想語詞典！

魔法師帽

一撮白毛

女巫學校
的鑰匙

饒舌鬼黑貓
尼諾

　　他是女巫學校的看門護衛，同時擔任一個極為重要的職位：女巫妮勒迪娜的助理！他是一隻謊話連篇、狡猾奸詐的貓咪！

　　他的毛髮就像墨水一樣漆黑，只有尾巴尖那裏有一撮白毛。按照女巫國的傳統，尾巴尖有白毛的黑貓是最理想的女巫助理！

　　他的夢想是學會所有的巫術技巧。

　　他的日常任務包括：每天用馬蜂毒液擦拭妮勒迪娜的魔法杖、熨平妮勒迪娜的長袍、採購各類魔藥的原材料、為學校和學生看門，還有有時也會捕捉老鼠，因為鼠肉粥是女巫最喜歡的美食！

　　他最重要、也是最隱秘的任務就是四處竊聽，收集各類小道消息，他在女巫學校中有幾千個線眼，專門為他收集情報啊！

　　黑貓瞇縫着眼睛，懷疑地盯着我們：「我是饒舌鬼黑貓——尼諾，女巫學校的守衛！不過……

你們是誰？　　你們要去哪兒？　　你們要幹什麼？」

　　我介紹道：「我……我是醜八怪侍從，這位就是我的主人，魔法……我是説油滑女巫小姐。」

　　黑貓從頭到腳打量着我：「喵喵喵，你**聞**起來不像個醜八怪……倒像一隻老鼠！你講話時結尾怎麼沒『哼哼』，而且我也沒見你打嗝或者**吐痰**！」

　　我趕忙回答：「呃……我的確是醜八怪哼……聞起來像老鼠哼……因為我經常為油滑女巫哼捉老鼠吃哼哼！我們正要去自己的客房哼！」

　　隨後，我噴出一個打嗝：「**嗝！**」

　　我又接着吐了口痰：「**噗！**」

　　黑貓嘟囔着説：「喵喵……我怎麼聞都覺得你是隻老鼠！」

快讓開！

別弄皺我的裙子！

幸好，此時傳來了妮勒迪娜的叫嚷聲：「尼諾諾諾！快來這兒，我需要你。速速過來，**磨蹭鬼**！」

貓咪飛快地溜走了，嘴裏高聲回答：「嗚喵喵喵！皇后殿下，我馬上就到！」

不一會兒，一位身穿款式浮誇長裙的女巫朝我們走來。兩隻**蟲子**跟在她身後舉起非常長的裙尾，同時向我們大聲宣告：「快讓開，女巫學校的經理——

肥賊婆

來了！」

女巫邁着步子遠去了，狼聰聰指了指女巫學校的牌子，悄悄地說：「哎呀呀，我可真為那些

學習成為女巫的女孩感到難過！等待她們的會是悲慘的**命運**：女巫們沒有朋友，因為她們謊話連篇、虛偽歹毒！做女巫

一點也不酷！

一點也不好玩！

一點也不開心！

完全沒意義！

　　最重要的是……女巫們懂得很多魔法，可是她們卻不懂最重要的一個魔法——獲得快樂的魔法！」

　　我好奇地推開女巫學校的大門，往裏面張望。只見女巫們正有說有笑地聊着天，說着女巫才能聽懂的笑話……

女巫們的笑話

女巫給人們占卜，
女巫說：「不要相信那些鬼魂。」
你知道為什麼嗎？
因為女巫可以看穿他們！

從前，有一隻白貓和一隻黑貓。
一天，白貓掉到水裏去了，
黑貓把牠救了上來，
白貓對黑貓說了一句話，你知
道牠說了些什麼嗎？
「喵」

呵呵呵！

嘿嘿嘿！

哈哈哈！

為什麼日曆常常都很悲傷？
因為它度日如年！

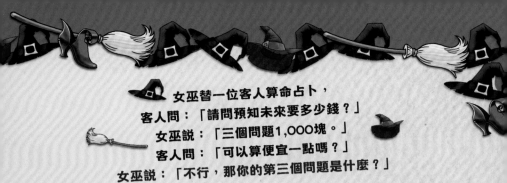

女巫替一位客人算命占卜，
客人問：「請問預知未來要多少錢？」
女巫說：「三個問題1,000塊。」
客人問：「可以算便宜一點嗎？」
女巫說：「不行，那你的第三個問題是什麼？」

呼呼呼！

哈哈哈！

嘻嘻嘻！

為什麼早晨的空氣冷得要命？
因為空氣一整晚都被關在屋外面！

在萬聖節的晚上，男孩一臉驚怕地撲去找媽媽。
男孩說：「媽媽，我們的屋子被女巫詛咒了！」
媽媽說：「孩子別說傻話了，快去睡吧！」
男孩說：「真的有鬼啊，剛剛我去上廁所的時候，一打開門，
我就感覺到一股寒意，而且燈也自動亮起來！」
媽媽說：「啊，你又跑到冰箱小便了嗎？」

女巫學校

答案參見第590頁。

你能在圖中找出有多少個女巫嗎？

這一所獨一無二的女巫學校由妮勒迪娜所成立。只有大家公認十分醜陋、十分邪惡和十分骯髒的學員才能獲得學校的畢業證書！

這裏的學生在獲得專業女巫的畢業頭銜後，學校會發給該畢業生一頂黑天鵝絨的尖頂帽、一根女巫魔法杖、一根掃帚，還有一個女巫助理啊。

女巫學校的黑暗法則

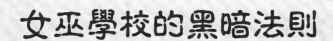

❈1❈ 所有學生必須身穿校服，即：一件如暗夜般漆黑的長袍。這長袍一直垂到腳背，蝙蝠袖式樣的衣服上繡着女巫學校著名的校訓：「壞壞學習，天天向下！」

❈2❈ 所有的學生必須遵守學校的上課時間：在黎明時分必須回到宿舍，白天必須在寢室睡覺，讓午夜上課時保持充沛體力！

❈3❈ 所有學生一律不許梳頭、不許洗澡、不許刷牙、不許剪指甲、至少一年不許換襪子，直到渾身臭得像垃圾桶一樣才好！總之，學生變得越醜陋，就越優秀。這樣才能夠讓敵人害怕自己！

❈4❈ 所有學生必須服從校長肥賊婆。一旦校長發現某學生做了任何好事，就有權將其立刻開除學籍！

❈5❈ 所有學生必須照顧他們的助理：必須每天給牠們餵食，定期帶牠們散步，還需要清理牠們的便便，否則將會受到學校的懲罰！

肥賊婆

考試不及格
的學生名單

魔法杖

以蜘蛛絲縫製
而成的衣服

女巫的助理

學校課室
的鑰匙

長度誇張的裙襬

以龍鱗製作而成的鞋子

肥賊婆是整個夢想國最骯髒、狡猾和奸詐的女巫。

她本來是斯蒂亞的顧問。可當妮勒迪娜得勢後,她毫不猶豫地背叛了斯蒂亞。妮勒迪娜授予她女巫學校校長的職銜作為回報。

肥賊婆的最愛就是鞋!她收藏了幾百雙適用於各個場合的鞋(每雙都很臭!)

她養了兩隻蟲子做助理,牠們名叫阿毛和阿松,牠們的任務是在肥賊婆走路時為她抬起超長的裙襬,並每天為她擦三次皮鞋!

帽子塔

我們走過了女巫學校，我扛着行李，在

長長的樓梯上爬樓梯。

魔法秘典在我身後氣喘吁吁地嘟囔着：「真潮濕啊，我的書頁都要**發霉**了……」

幽靈騎士也抱怨着：「**什麼時候才能到啊？我要給嘎吱作響的關節塗點潤滑油！**」

不久，魔法秘典懶洋洋地趴到旅行箱上，說：「我是一本書，我沒有腳……所以你要背我走，明白嗎？」

以一千塊莫澤雷勒乳酪的名義發誓，我好累啊！

427

這個行李箱重得要命，唉喲，可真重啊！

時間一分一秒地流逝⋯⋯
我們能來得及在
一個月內返回水晶宮嗎？

我們好不容易總算爬到了招待客人的塔頂層：而我們的客房是**13**號房！

狼聰聰在我屁股上踢了一腳，大叫道：「快點走，你這個磨蹭鬼！」

隨後，她低聲說：「不好意思騎士，我不得不裝作**教**訓你，否則我這個女巫就會被識穿了⋯⋯」

我會意地回應說：「油滑女巫小姐哼，我現在去寄存你的**箱子**哼。這是你的行李哼，在下隨時聽候差遣哼，我還算是個合格的醜八怪吧哼哼？」

我們打開客房門，走進房間⋯⋯

第13號房顯然是整個城堡內最奢華的⋯⋯也是最恐怖的！

窗外的視野十分寬廣，可我望見的卻是幽暗的……

嗡嗡沼澤！

狼聰聰仔細地梳着頭。然後，她用吸收了**霉菌精華**的女巫香水噴了噴身體，再化妝，並在掃帚上撒上些**金粉**。隨後，她吩咐我：「我們下樓吧。午夜即將來臨，女巫集會就要開始啦！」

答案參見第590頁。

女巫集會

很快，暗夜堡的鐘聲開始敲響：

鐺 鐺 鐺

鐺 鐺 鐺 鐺 鐺

鐺 鐺 鐺 鐺 ⋯⋯

足足響了十二下，表示**午夜時分**來到！

我們一路小跑下樓，來到了女巫議事廳門口。可蒼黑鷲將我們攔在門口，清清嗓子說：

「咳咳，請出示你們的請柬！」

狼聰聰從容地命令我：「醜八怪，還不快把**請柬**給蒼黑鷲先生看看！」

我臉色蒼白，因為（很明顯！）我們並沒有大會的請柬。我嘟囔着：「可是我⋯⋯呃⋯⋯其實⋯⋯」

　　我的屁股結結實實地挨了一腳。狼聰聰吼道：「你這個大傻瓜隨從，你居然忘記了帶請柬？」

　　狼聰聰轉向蒼黑鷲說：「**蒼黑鷲先生**，下次我不會再帶這個隨從來了！」她伸出手臂摟住腦袋，仿似演戲般哀求道：「**嗚嗚嗚**，我來自遙遠的騙子公國……啊，也許蒼黑鷲先生能夠為我 **網開一面**……睜一隻眼閉一隻眼……或者兩隻眼睛都閉上！」

唉喲喲！

都是你的錯！

我明白了⋯⋯⋯

蒼黑鷥立刻明白了：「以一千個骷髏頭骨的名義發誓，我兩隻眼睛都閉上好啦！」

他伸出羽毛稀稀拉拉的翅膀，狼聰聰立刻將一小袋金幣放在上面。

蒼黑鷥誇張地鞠了一躬，說：「油滑女巫小姐，請進，我為你們在包廂留了三個位置！」

隨後，他退到一旁，我們大搖大擺地走進

女巫議事廳

大廳裏的女巫們有的在扔麵包、有的扔橄欖核，有的扔爛番茄，還有的扔臭雞蛋……總之場面十分混亂！

我注意到在大廳一號包廂的嘉賓席上，有兩張熟悉的面孔——肥賊婆和黑貓尼諾。我剛走進大廳，尼諾就開始狐疑地索鼻子：「嗤嗤嗤！」

嗤嗤嗤！嗤嗤

咕吱吱好可怕……他一定是聞到了老鼠的味道！

狼聰聰趕忙找位子坐了下來，會場的台上兩位女巫正**針鋒相對**：斯蒂亞和妮勒迪娜。

妮勒迪娜頭戴間諜帽，在火炬映照下閃閃發光……此刻寬敞的大廳裏一片**寂靜**。

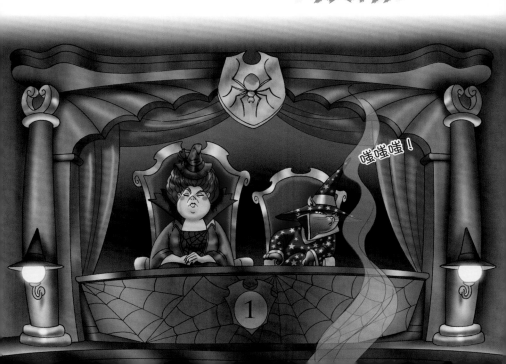

嘻嘻嘻！

1

斯蒂亞故作鎮靜地坐在台上。

可我看出她實際上非常常常擔憂。

這時，一扇窗戶突然被打破了，一隻巨大的黑烏鴉如閃電般從窗外飛進會場，發出一聲嘶啞的叫喊：「嘎嘎嘎！嘎嘎嘎！嘎嘎嘎！」

他徑直飛到妮勒迪娜身邊，隨後如旋風般旋轉起來，變身為一位相貌俊秀、氣質陰鬱、目光焦灼的男子。他就是黑暗族裔的王子——黑尾督！

黑尾督和妮勒迪娜低聲說了些什麼，隨後妮勒迪娜離開他，重新坐回到斯蒂亞身旁。

答案參見第590頁。

　　妮勒迪娜先發制人，舉起食指朝着斯蒂亞大罵：「你這個老女巫！打算什麼時候下台？」

　　斯蒂亞瞇縫着眼反擊：「憑你這樣的黃毛丫頭也配搶我的王位嗎？你的一切魔法知識都是我教的……」

　　妮勒迪娜反唇相譏：「怪就怪你自己太愚蠢，居然給我教授了你知道的全部魔法知識，現在的我比你更強大！」

　　斯蒂亞怒火中燒：「你這個叛徒，我待你就像待親生女兒一樣！」

　　妮勒迪娜爆發出一陣令我毛骨悚然的大笑，連城堡的玻璃都震動了：「哈哈哈哈哈哈！恰恰就是你，告訴我作為女巫不要相信任何人！我可懶得和你囉嗦。王位主人交給誰，將由他們——

女巫國的民眾

來決定！」

440

斯蒂亞轉向所有的女巫說：
「如果你們**投票給我**，我們
可以征服整個夢想國！」

妮勒迪娜 狂笑 道：
「夢想國對我而言，根本
不算什麼！如果你們投
票給我，我們不僅可以
攻佔夢想國，更能統治整個
宇宙！」說着，她隨即舉起
左手，在燭光的照射下，可見
她的手指上有一枚戒指散發出璀
璨的光芒。

我已經
拿到了
仙人戒！

它的強大法力，可以打開所有世界的大門！

如果你們投票給我，

我們的法力將不可限量！」

妮勒迪娜的助理——貓咪尼諾跳到台上，鄭重宣布：「誰選擇斯蒂亞，請在投票罐裏投進**白石子**；誰選擇妮勒迪娜，請投進**黑石子**！」

喵……

這是我的票！

快點投完吧！

快過來！

尼諾開始在女巫中間穿梭，每個女巫**迅速**在投票罐內投下石子。就這樣，投票環節進行了整整一夜！

終於到了最後的**石子**點票環節，女巫們好奇地伸長脖子……

這時，斯蒂亞發出一聲絕望的叫喊！

不不不不不不不！

原來，投票罐內所有的石子都是黑色的……只有一塊白石子：那塊石子是斯蒂亞為自己投的！

妮勒迪娜大喜過望：「**我贏了！**」

隨後她大聲嚷嚷：「我判你終身流放！你將**永遠**不得踏入女巫國！現在我才是新任皇后！」

妮勒迪娜一把奪過斯蒂亞的魔法杖，將它折成兩半。

斯蒂亞離開前，惡狠狠地留下一句話：「妮勒
迪娜，你等着瞧！

我一定會復仇仇仇！」

接着，女巫們齊聲唱起歌：

「人生際遇可真難猜，
妮勒迪娜時代已到來！
斯蒂亞曾是她知己，
如今卻成為她死敵！
背叛老友再將她趕走，
妮勒迪娜就這樣成功！
我們才不在乎她背叛，
因她拿到了仙人戒，法力無邊了！」

呼呼！

　　為了慶祝新皇后登基，所有的女巫舉起魔法杖，發射出煙火：

呼呼！ 呼呼！ 呼呼！ 呼呼！ 呼呼！

　　突然，一團火星掠過我臉頰，點燃了我的鬍鬚。

妮勒迪娜萬歲！！！

咕吱吱！

一隻老鼠？

我驚跳起來，發出尖叫：

「咕吱吱？」

大廳裏突然一片死寂，所有女巫將頭轉向我。

黑貓尼諾一步躥到我面前，怒吼道：

「喵了個咪咪咪咪咪咪！

你叫聲和老鼠一樣，你聞上去和老鼠一樣，你的耳朵和老鼠一樣……我早就猜到了，你根本不是醜八怪：你聞起來渾身老鼠味，你根本就是隻老鼠！」

妮勒迪娜大聲叫嚷起來：「我認得你，你是那個騎士，應該說，是無名氏——我妹妹芙勒迪娜的朋友！你可是幫了我大忙啊！多虧了你的粗心，我才拿到了仙人戒！」

黑貓尼諾不停地舔着鬍鬚，感覺馬上就要吃老鼠大餐啦！

妮勒迪娜瞇縫着眼端詳着狼聰聰，喃喃地説：「咦，你的帽子和我一樣……你讓我想起了某個人……是誰呢？」

她大呼一聲：「對了，我認得你，你叫狼聰聰！你的舅舅是我妹妹最好的朋友——也就是我的死對頭……偉人蘭道夫。」

妮勒迪娜發出嚴酷的笑聲：「如今他的外甥女落入了我的手上，我倒要看看蘭道夫如何反應！」

妮勒迪娜一把奪過我的**袋子**，在裏面四處翻找。當她看到魔法秘典的時候，發出一陣狂喜的叫喊：「你們看啊看啊看啊……這就是偉人蘭道夫那本神奇的魔法著作！

我真是太幸運了！」

隨後，她將我的袋子從**窗口**扔出去，絲毫沒有察覺包中還有一把魔法鑰匙——開孔禮。

真是個驚喜！這不就是著名的《魔法秘典》嗎？

妮勒迪娜揮舞魔法杖，發出**邪惡**的叫喊：「偉大的神力之火……火……火……

請你們熊熊燃燒，直到將這本書燒成灰爐！」

頃刻間火苗躥了起來。我閉上眼睛，不忍心看到魔法秘典被焚燒的慘狀！

可當我再睜開眼時，驚訝地發現魔法秘典在熊熊烈焰中竟然完好無損，火苗根本無法點燃他的書頁！

呼   呼！

女巫們齊聲發出驚歎：

「啊啊啊啊，這本魔法秘典可真神奇啊！」

妮勒迪娜掏出把黃銅鉗子，把魔法秘典從火焰中夾了出來，高聲施法：「偉大的

請你們亮出鋒利的刀刃，將這本書剪成碎片！」

她話音剛落，一把刀刃鋒利的大剪刀出現了。妮勒迪娜一手拿着魔法秘典，另一手握着大剪刀，開始咔嚓咔嚓地把書頁剪下去。

應該說……試圖裁剪書頁，因為就連鋒利的刀刃，也無法傷到這本神奇的📖！

妮勒迪娜十分氣惱，將大剪刀摔在地上，那剪刀

叮叮噹噹 叮叮噹噹地跳走了！

呼　　呼！

叮噹！叮噹！叮噹！

　　女巫們的議論聲越來越大，妮勒迪娜變得愈發**焦慮**。

　　「哼，讓我們看看誰先垮！」

　　妮勒迪娜停下動作開始琢磨，嘴裏嘀咕着：

　　「嗯嗯嗯嗯嗯　嗯嗯嗯嗯嗯　嗯嗯嗯嗯嗯　嗯嗯嗯嗯　嗯嗯嗯嗯」

　　此時，肥賊婆湊到她耳邊，低聲說了些什麼，妮勒迪娜眼神一亮，露出邪惡的笑容，興奮地說：「怎樣能銷毀一本書呢？燒也燒過了，剪也剪過了，還有……更有效的，就是把它扔進水裏！水越深越好！如果是泥濘、腥臭的沼澤之水，那就更妙啦！」

　　隨後她打開窗戶，將魔法秘典扔了出去。所有的女巫都湧到窗前，疑惑地向下張望，我也不例外……

嗚嗚嗚，我眼見着魔法秘典一點點沉入泥沼中，只留下一團氣泡。

咕嚕！ 咕嚕！ 咕嚕！

咕嚕！ 咕嚕！

我的眼淚奪眶而出！

可憐的魔法秘典！

妮勒迪娜獰笑着說：「現在該輪到你們了，我要把你們囚起來作為人質，以要挾偉人蘭道夫答應我的條件。」

此時，已是黎明時分，七位黑騎士一起走來，他們的隊長命令道：「將這羣傢伙關入夢想國戒備最森嚴的死牢——千眼監獄！」隊長奪過狼聰聰別在腰間的魔法杖，將它折成兩半，然後押着我們走。

　　妮勒迪娜尖叫説：「蠢材，你覺得真正的**魔法師**會只帶一根**顯眼**的魔法杖？我肯定她還有一根的！」她**拉**起狼聰聰的衣袖，只見袖口內還藏着一根更迷你的魔法杖。

　　妮勒迪娜奸笑着説：

「現在你可以把他們押走了！」

　　　　　　女巫們振臂高呼，
　為妮勒迪娜喝彩，隨後跳起了女巫之舞……
　　　　此時，已是黎明時分。

我們的皇后真不賴，

她不僅漂亮，還是個天才，

她壞、她兇、她無賴！

她是黑暗世界的⋯⋯

新統帥！

千眼監獄

由黑貓尼諾和隊長壓陣的七位黑騎士，將我們一路押送到一座黑色大門前。那門上掛着**七把銅鎖**。

上面刻着用夢想語書寫的一行文字*

黑騎士們將我們推進門，我們沿着狹窄、黑暗、散發着霉味的樓梯向上爬……

*你能讀懂上面寫了什麼嗎？請參照第585頁的夢想語詞典！

我們沿着噩夢般的長樓梯向上爬，黑騎士們在後面跟着並用矛抵着我們。

就在這個時候，黑貓尼諾發出一聲尖叫：「喵喵喵！誰剛才捏了我的尾巴？」他懷疑地盯着我們，我注意到狼聰聰的眼神閃過一絲狡黠。

好奇怪！

黑騎士們將我們推入一間漆黑的大牢，隨後關上大門，再扣上七把大鎖。

周圍一片漆黑，真恐怖啊！

整個牢房一片黑暗，可很快我發現有什麼不對勁……有一個個小點兒在閃閃發光！

千眼監獄

為了關押重犯，妮勒迪娜使用巫術建成這座固若金湯的死牢！只有一個辦法可以從這裏逃脫，而知道這個秘密的人只有兩個：妮勒迪娜和女巫肥賊婆。而肥賊婆正是向妮勒迪娜建議打造這座監獄的人。

原來，我們四周的牆壁上長滿了眼睛。

牆壁上有成百上千隻

小眼睛
盯着我們……

我們頭頂的天花板上長眼睛，我們腳下的地板上長眼睛……就連監獄的大門上也長眼睛！

我終於明白這座監獄得名為千眼監獄的原因了：足足有**一千隻眼睛**永不入睡，全天無休地監視我們！

啊，我多麼想念魔法鑰匙——開孔禮啊！如果它在，我們一定可以逃出這裏……

時間一分一秒地流逝……
我們能來得及在
一個月內返回水晶宮嗎？

我詢問大家：「現在我們該如何是好？」

幽靈騎士銀白啜泣着說：「我們這下可完了！」

狼聰聰說：「嘘嘘嘘嘘嘘嘘……有腳步聲過來……會是誰呢？」

我豎起耳朵細聽，果然聽到有輕聲上樓的腳步聲……

門被緩慢地推開了……

一張**毛茸茸的臉孔**從門縫裏探出來……

一把輕柔的聲音開始哼唱搖籃曲……

……是誰？！

睡吧睡吧……

「睡吧，千隻美麗的眼睛，
你們是一千個好兄弟！
你們渴睡已久，你們渴望呼呼，
你們的任務已經圓滿結束！

　　監獄牆上的一千隻眼睛漸漸開始睏倦地垂下眼皮……

　　沒過多久，我就聽到一陣陣呼嚕聲……

呼嚕嚕嚕！呼嚕嚕嚕！呼嚕嚕嚕！
呼嚕嚕嚕！呼嚕嚕嚕！

　　看來這些眼睛確實睡着了！

　　門口站着的是黑貓尼諾，他支吾着説：「喵喵喵，我有事要問你們！」

　　狼聰聰狡黠地笑了：「啊，你竟然會和我們説話？尼諾先生，我們能為你做什麼呢？」

463

尼諾嘟囔着:「喵喵,狼聰聰小姐,我有十足的理由相信:你狡猾地抓走了我身上唯一的一撮白毛!沒有這撮白毛,我就失去了魔力,成了普通貓咪,**喵喵喵!**」

狼聰聰嘿嘿一笑:「尼諾先生,我有兩個消息給你:一個好消息,一個**壞消息**。你想先聽哪個?」

隨後她低聲說:「好消息就是:你的那撮白毛在我手上!壞消息就是:若想拿回它,你要付出高昂的代價:

放我們
從監獄出去!

尼諾撲通一聲跪下來,哇哇大哭着說:「求求你好心把白毛給我吧!我要把它放在一個金項鏈盒裏,永遠掛在脖子上!這樣才能確保我的魔力!」

狼聰聰態度**堅決**地說：「如果你想拿回那撮白毛，必須帶我們離開這裏！」

尼諾只好應允：「好吧，我幫你們逃出去，可千萬不要告訴任何人……否則妮勒迪娜會掏出

魔法杖，

『嗖』一聲把我燒成灰燼！為了保密，我才會唱起搖籃曲，把這裏一千隻眼睛哄着睡。這曲子是我從主人妮勒迪娜那兒偷聽到的！」

嗯哼哼哼……

求求你你你你！！

逃離千眼監獄

尼諾把我們一直推下下下石頭樓梯。

幸運的是，此時是

正午時分，

女巫們都在呼呼大睡，因此我們一路暢通無阻地穿過暗夜堡，抵達出口處。

快走，快走啊！

呀，你真兇惡啊！

狼聰聰將那撮白毛交給尼諾，尼諾小心翼翼地將它放進一個精緻的金項鏈盒裏，再掛到脖子上。

隨後，尼諾用力將我們推出城堡大門，嘴裏嚷嚷着：「快走吧，永遠別讓我再看到你們！記住：我從未踏入過監獄，也沒放你們出來！」

隨後，大門在我們身後關上了。

砰！

我對狼聰聰説：「我們雖然重歸自由，但沒有奪回戒指！我們甚至連保管戒指的保險箱在哪兒都不知道。」

狼聰聰露出狡黠的一笑：「啊哈，騎士，你也太低估我的水平了……我可是偉人蘭道夫的外甥女！多虧了兩頂間諜帽，我已經知道了保險箱的位置啦！」

她低聲對我說：「保險箱就在⋯⋯妮勒迪娜的秘密書房裏！」

　　她頭頂上戴的 間諜帽

開始說話了：「沒錯沒錯，的確如此！妮勒迪娜將戒指藏在暗夜堡最隱秘的房間，她可不像那個傻瓜蛋無名氏——居然將戒指放在櫃子 抽屜 裏！」

　　我驚呼起來：「可我們該怎麼去那兒呢？」

狼聰聰告訴我：「萬幸**魔法秘典**並沒有被毀，只不過掉進沼澤中了。魔法秘典是本神奇的書，因此女巫無法摧毀他。我們只要把他**撈**起來，他定會幫我們找到保險箱。不過……騎士，現在你必須潛入水裏，將他打撈上來！」

我趕忙推辭：「唉喲，不行，那水也**太臭**了！」

幽靈騎士說：「狼聰聰小姐，你需要我潛入水底嗎？」

狼聰聰說：「啊，我才不要你潛到水下！沼澤水會令你的整副鎧甲生鏽啊！」

她轉頭勸我：「騎士，還是你去吧，不過你可要記住，水下佈滿了

沼澤鱷魚

兇猛的食人魚

還有劇毒的癢水蛇！」

我尖聲大叫：「我可幹不了！」

狼聰聰安慰我：「騎士，你別害怕！每個難題都有**答案**，只需要找對方法。

這可是我舅舅偉人蘭道夫的名言！

如果你碰到鱷魚，試試彈牠的鼻子，因為牠的鼻子神經最脆弱！如果你遇見食人魚，就拿這些的**小餅乾**餵牠們——這些原本是我打算歸程時吃

的乾糧，這樣牠們就不會咬你了。至於癢水蛇嘛，你在牠的尾巴尖上**撓癢癢**就行啦！」

我跟在狼聰聰身後，來到沼澤邊。我們一起找到了

魔法秘典沉入水底

之處，那裏冒起了許多很小的氣泡，彷彿有誰在水底呼吸……

狼聰聰對我說：「看到了嗎？魔法秘典還活着，肯定正等着我們呢！

「不過，我不明白：魔法秘典為何不自己游上來呢？不管怎樣，真相就在水底。**快點兒，下水吧！**」

我塞住鼻孔，

憋住氣……游啊游啊游啊

游啊游啊游啊，我向腥臭泥濘的水底潛去。

一羣鱷魚向我襲來，我聽從狼聰聰的建議，用力彈了彈鱷魚的鼻子！**鱷魚**痛得逃走了。我鼓起勇氣，繼續向下潛……

彈一彈！

接着，我遇上一羣牙齒鋒利的**食人魚**！我飛快地將小餅乾塞入

牠們嘴裏。牠們貪婪地咀嚼着餅乾，隨後打起飽嗝：「嗝！」並滿足地游走了。

咕吱吱，我很快遇上了十分危險的**癢水蛇**！可當我在牠的尾巴尖上撓起癢癢時，癢水蛇發出一陣大笑，隨後快速游走了。

然後，我繼續向水底**游**去，直到我看到了……以一千塊莫澤雷勒乳酪的名義發誓，一大團水草纏住了魔法秘典！那些水草在魔法秘典身上纏繞交錯……怎麼辦，我屏住的氣快用光了！

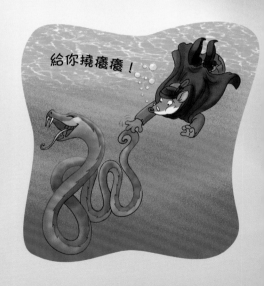

　　我沒有時間再去一一解開纏繞的結……於是，我使出最後的力氣，從水底拾起一塊尖利的石頭，將**纏繞着的水草**一一割斷！

　　這時，我看到有一件物件在水底的污泥中：那是我的袋子！我拿起袋子，拾起**魔法秘典**，然後……

直到浮出水面！

游啊……游啊……游啊……游啊……游啊……

奪回仙人戒

此章節描述了無名氏、狼聰聰和幽靈騎士銀白（還有魔法秘典！）在女巫國裏如何想盡辦法奪回仙人戒。

上上下下……上上下下……上上下下！

　　我從泥濘的沼澤水中探出頭，狼聰聰開心地鼓

起掌來：「**騎士，你真勇敢！**」

　　就連幽靈騎士也發出讚歎：「幹得不賴嘛！」

　　魔法秘典拼命地翻動書頁來晾乾身體，把泥巴

甩得到處都是！

魔法秘典對我說：「無名氏，謝謝你！你可真勇敢！以一千卷羊皮紙的名義發誓，要是沒有你幫忙，天知道我還要被那可怕的水草糾纏多少年？幾千年？還是幾萬年？」

我的臉害羞得紅了：「其實……我必須承認我當時很**害怕，害怕極了！**」

幽靈騎士嘟囔道：「小老鼠，你別看我是位幽靈騎士，其實我也會害怕……

真正的勇士，絕非永不感到恐懼，只是從不被恐懼所征服罷了！」

狼聰聰插嘴說：「朋友們，間諜帽剛才告訴我：現在正是奪取仙人戒的最佳時機：妮勒迪娜剛入睡！」

我詢問她：「好吧，可是我們如何抵達那裏？尼諾剛把我們從裏面趕出來，難道你忘了嗎？」

狼聰聰微微一笑：「啊哈，如果我有

魔法杖

的話，去那兒都輕而易舉……」

　　幽靈騎士驚訝地說：「*roro roro roro roro roro roro roro*！可你的兩根魔法杖都被女巫沒收了。難道不是嗎，狼聰聰？」

　　狼聰聰露出勝利者的微笑：「**朋友們，我身上還帶了一根！**」

　　她彎下腰，掀起女巫裙的裙襬，從 **腳踝** 處摸出第三根袖珍魔法杖。

　　她得意地對我說：「騎士，見識到我的實力了

這裏還有根魔法杖！這一根……他們沒有發現！

哇啊……

吧！舅舅曾告誡過我：隨身攜帶的魔法杖必須要有三根！

* **第一根**，敵人會從你身上奪走它⋯⋯
* **第二根**，它會成為敵人追查的目標⋯⋯
* **第三根**，它會出乎所有人的意料之外！

最後這一根，在關鍵時候往往能**救你**一命！」

狼聰聰用魔法杖對準魔法秘典，說：「魔法之書快給我顯現出這裏所有隱藏秘密之處！」

魔法秘典開始快速地翻頁，直到在某一頁時停了下來。突然，在 頁面 上開始顯出字跡⋯⋯原來這是一句咒語！

魔法書頁會長出翅膀，只有真誠的朋友能坐上！

狼聰聰重複着這句咒語，一瞬間⋯⋯

魔法秘典變得十分巨大！

我們跳上魔法秘典，然後⋯⋯

魔法秘典開始飛翔！

眼看我們就要飛上暗夜堡的塔頂，這時製造黃昏邪惡颶風的女巫魔法掃帚突然開始上下舞動着……

上上下下……
上上下下……
上上下下……
上上下下……
上上下下……
上上下下……

強風吹得我鬍鬚根根豎起，毛髮直立……

強風將我們打落地面！

幽靈騎士向我伸出他的手腕：「**永別了**，小老鼠，很榮幸認識你！」

我尖聲回應：「**永別了**，狼聰聰！**永別了**，朋友們！」我閉上眼睛，等待撞上那枝可怕的**石頭掃帚**的悲慘命運……

抑或是跌墜在地面上粉身碎骨的悲慘命運……

或者一頭撞上城堡牆壁上的悲慘命運……

撲取仙人戒

　　我們以為自己定會粉身碎骨，沒想到魔法秘典縱身一躍，竟然避開了**巨大的**石頭掃帚，徑直向妮勒迪娜城堡房間的窗戶衝去。房間的兩扇窗戶緊緊閉合，上面還掛着一把木頭大鎖：我突然想起因為女巫們見不得光，所以整個白天都在**睡覺**！我趕忙掏出

魔法鑰匙開孔禮

　　我彎腰站在魔法秘典上，將魔法鑰匙插進木頭鎖裏……扭了一下……窗戶就吱呀一聲打開了。

　　我們跳了進去！

488

我滾到地板上，壓到了尾巴……

唉喲，真痛啊！

我痛得剛想叫起來，狼聰聰見狀就一把搗住我的嘴巴。

「噓！保持安靜，否則我們會暴露行蹤！」

原來我們進入了妮勒迪娜的秘密書房！

狼聰聰對間諜帽低聲說：「保險箱在哪兒？

快告訴我！」

間諜帽子回答說：「呃……保險箱就在房內，可另一頂間諜帽沒有告訴我具體地點。而且那個**傻瓜蛋**居然睡着了。等它睡醒了我一定要教訓它！這還算是搭檔嗎？居然在緊要關頭**呼呼大睡！**」

我們只好在房間裏躡手躡腳地 **←這裏**翻翻，**那裏→**翻翻。

我們四處張望着，

秘密保險箱

究竟藏在哪兒呢？

我們這裏找找，那裏找找，甚至用手指在牆壁上**彈來彈去**，探測牆內是否有中空……然而我們一無所獲！

我的腳趾被房間中央鋪着的帶**穗子**的紫色毯子勾住了。

我重重地摔倒在地上……

砰！

救命啊！

就在此時，我注意到地板上有一個……小小的

鎖孔！

我趕忙拿出魔法鑰匙開孔禮，把它插進鎖孔……

我拿着鑰匙轉來轉去，

直到我聽見一響聲……

咔嚓！

地板上的 活板門 開了，裏面露出一個小小的金色保險箱，上面掛着……

七把鎖！

嗯嗯……

仙人戒

多虧了魔法鑰匙開孔禮，我成功地開啟了七把鎖。我慢慢打開箱子……

……終於看到了**仙人戒**！

它真是光芒奪目！

我們總算大功告成啦！

芙勒迪娜得救了，她總算能保住王位了！

我們只需要趁女巫們不注意，悄悄地溜出去，返回水晶宮就行啦！

我激動地思考着，一邊向保險箱伸出手爪去拿戒指。

嗚哇哇，誰料到那箱子居然長着尖利的牙齒，它瞪着惡狠狠的大眼睛，尖叫起來：「你這狡猾的傢伙，還不收回你的手爪！嘗嘗我利齒的滋味吧，小偷！」

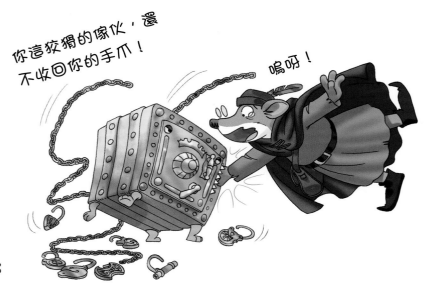

你這狡猾的傢伙，還不收回你的手爪！

嗚呀！

隨後，保險箱子猛地合上了，卡住了我伸進去的手爪！

我痛得尖叫起來：「嗚呀呀呀呀！」

那箱子尖聲嚷嚷：

「快来呀，我的皇后，
仙人戒有危險！
有小偷偷偷偷偷！」

這下黑暗皇后妮勒迪娜驚醒了，她氣得火冒三丈！

她的眼睛如熊熊烈火般通紅！

她操起魔法杖唸唸有詞，頃刻間魔法杖吐出

可怕的火舌！

狼聰聰從驚訝中反應過來，迅速從腳踝旁摸出**第三根魔法杖**。

她舉起魔法杖迎向妮勒迪娜，勇敢地大聲呼喊道：「來吧，女巫！我可不怕你！」

妮勒迪娜發出**邪惡**的大笑：「你居然不怕我，你會後悔，一定會後悔！我會毀了你，你只是個初出茅廬的魔法師，在我眼裏你比跳蚤還渺小！」

妮勒迪娜高呼道：

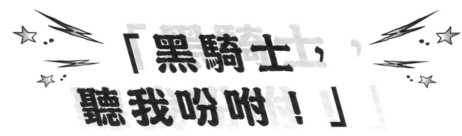

「黑騎士，聽我吩咐！」

這時，成羣結隊的黑騎士從城堡外湧進來，將我們抬出城堡，來到荒涼的嗡嗡沼澤……

妮勒迪娜高聲咆哮道：「你們可知為何我要把你們帶到這裏？因為我想進行一場正式的，或者說前無古人、後無來者的偉大

魔法決鬥！

這場決鬥將在夢想國被傳頌上百年、上千年、甚至上萬年！我將戰勝光之國，以及我的姊姊芙勒迪娜的**偉大勝利**，將銘刻在所有人心中！」

這將是一場魔法決鬥！

我不怕！

可怕的魔法決鬥

狼聰聰勇敢面對強敵，立刻變身為一頭狼。

她露出牙齒，抬起爪子，說：「我準備好了！」

妮勒迪娜大笑着說：「你肯定自己準備好了？你能對付黑仙女嗎？」

黑仙女們開始奏起可怕的小提琴旋律。狼聰聰試圖反擊，但那些擾人的音符削弱了她的力量，她喃喃地求助：「朋友們，我需要你們！」

只是一眨眼的時間，貓瑩瑩、狐嬌嬌和熊莉莉在我們身體出現，她們齊聲高呼：「狼聰聰，我們與你同在！隨後，她們分別變身為貓頭鷹、狐狸和棕熊！」

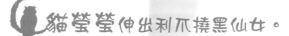 貓螢螢伸出利爪撓黑仙女。

熊莉莉掄起巴掌。

狐嬌嬌則伸腿絆倒敵人。

妮勒迪娜怒氣沖沖地大叫：「你這個可惡的傢伙，我要摧毀你！看我召喚……

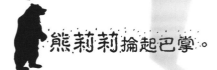

來自四方的怪獸！」

狼聰聰回敬她說：「而我會召喚……**馮・德拉肯七兄弟！**」

戰場上冒出四頭來自東南西北的巨大怪獸！牠們分別掌控着**冰雪**、**大風**、**土地**和**烈火**！

幸運的是，馮・德拉肯七兄弟很快趕來了，他們迅速變身為龍頭騎士。

508

頃刻間，戰場上塵土飛揚，戰況越發激烈……

雷鳴！
閃電！
冰雹！
濃霧！
冰雪！
烏雲！
狂風！

可是，四方怪獸的力量非常強大，馮・德拉肯七兄弟雖然能夠削弱牠們的力量，卻無法徹底擊敗牠們！

　　妮勒迪娜和狼聰聰的魔法決鬥持續了幾個小時，一直到夜幕降臨。妮勒迪娜大吼道：「夠了，現在我要召喚 **臭鼬怪** ！

　　一想到那個渾身臭氣的怪物，我的臉馬上「唰」地變白了，可狼聰聰卻毫不畏懼，回應說：「那又怎樣？**我會召喚繁星龍！**」

現在我要召喚臭鼬怪！

繁星龍立刻現身了，全身散發着光芒……

我沐浴在他的光輝下，心中充滿勇氣……

繁星龍和臭鼬怪開始了新一輪對決，這場決鬥的結果如何，大家拭目以待……

空氣中瀰漫着臭鼬怪可怕的**臭味**！

現在我要召喚繁星龍！

臭鼬怪對決繁星龍

妮勒迪娜發起新一輪攻擊：「看來臭鼬怪還不夠，我要召喚**萬毒之蟲———巨蠍獸！**

牠的樣子令你恐懼，牠的毒汁無獸能及！」

嗚哇哇，一隻面目可怖、**神情兇狠**的巨蠍從天而降……巨蠍獸徑直衝向狼聰聰，甩起牠那沾有毒液的尾巴，想把尾巴**刺進**狼聰聰身體內……

狼聰聰舉起盾牌頑抗卻漸漸不敵，她臉色蒼白，跌倒在地上，她在昏倒前口中喃喃地說：

「我召喚……召喚……召喚……

魔力獨角獸

和風！」

一匹毛髮雪白、外形脫俗的獨角獸出現在我們面前。牠用金色的角碰觸狼聰聰的傷口，她的傷口很快就癒合了！

我會治癒你，狼聰聰！

妮勒迪娜看着**恨**得咬牙切齒。
她穿着黑絲絨鞋子的腳
在地上踩來踩去。

她扯開嗓子，發出**憤怒低沉**的嘶喊：
「啊哈，就這些嗎？魔法小學員，你是敬酒
不吃吃罰酒！狼聰聰，我這就給你如願！
我和你拼了！我要召喚這世界上最可怕的：

壓垮人心的烏雲魔！」

剎那間一大片黑影覆蓋在戰場上空。那**黑影**把我們圍得密不透風，簡直讓我們絕望透頂！

狼聰聰拼盡全力地吶喊：「請你出山吧，**蟒蜒智者**」

不一會兒，戰場上出現了一位身披藍袍的奇特生物。他的體形矮小，卻擁有**異常強大的能量**：那能量來自他智慧的大腦和純潔的內心。原來，他就是蟒蜒智者！

就連可怕的烏雲魔，在他面前也失去了魔力！

他伸出雙臂，將那團黑影吸入身體，將其轉化為閃閃發光的 **金粉**……

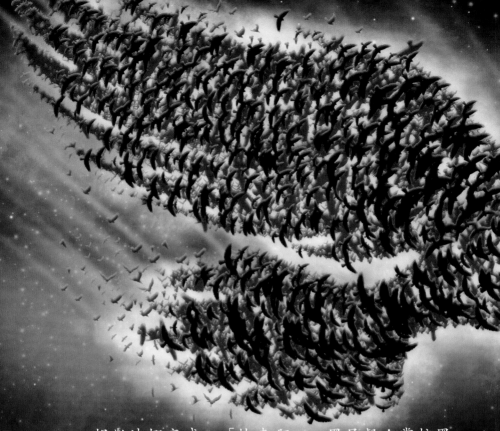

　　妮勒迪娜高喊：「快來啊──黑尾督！掌控黑暗的王子，我**法力無邊**的未婚夫！黑尾督，快來！快來！快來啊！快來救我！」

　　她話音剛落，地平線上升起了巨型黑雲。那黑雲由上百、上千、上萬隻飛翔的烏鴉組成，領頭陣的烏鴉體形巨大，兩隻眼睛燃燒着　　　般炙熱的光芒……他就是黑尾督！

狼聰聰毫不示弱：「東風啊，請助我一臂之力，將這羣惡鳥通通吹跑！」

東風呼嘯而過，頃刻間將烏鴉們吹得東倒西歪！

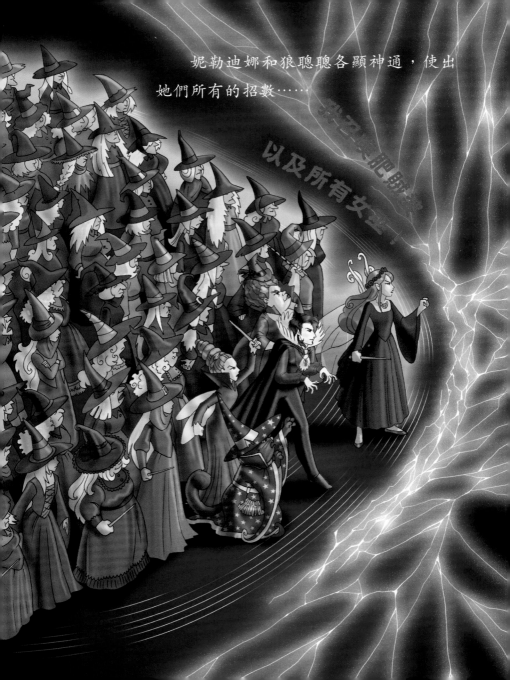

妮勒迪娜和狼聰聰各顯神通，使出她們所有的招數⋯⋯

以及所有女巫⋯⋯

秘密聯盟萬歲！

　　女巫們將蘭道夫和甜夢太太團團圍住，連番進行**閃電**、火球和巫術轟炸！

　　蘭道夫向我們高喊：「我恐怕也撐不住了。女巫的數量太多，力量太強！不過，我倒有個主意……我們重新組成

秘密聯盟

吧！我們曾經這樣團結起來擊敗過女巫的軍隊！」

　　蠑螈智者站在蘭道夫對面，我手握芙勒迪娜的**吊墜**站在蘭道夫的右側——這位置原本屬於她的；而甜夢太太站側在蘭道夫的左側。

　　蘭道夫遞給我一根水晶魔法杖，說：「小老鼠，現在讓我們的魔法杖匯聚在一起……你要集中

精神，*想想生命中的善意、友愛和光明*！」

　　我心中感慨萬分。我閉上雙眼，深呼吸並鼓起勇氣，然後回憶起那些**美好和快樂的事物**……

　　四根魔法杖在空中齊集在一起。我們齊聲高呼：

「光之魔法法法法法！」

霍！

瞬間出現了強光驅散了所有女巫！

妮勒迪娜聲嘶力竭地大喊：

「小老鼠，我要復仇仇仇仇！！！！！」

說罷，尼勒迪娜握緊魔法杖伸向我站立的方向，一道魔法光束徑直向我劈來，然後她就**消失**得無影無蹤。

我閃身避過那道攻擊，可是仍被光束打中我的手爪，突然發現有什麼東西**落到地上**……

在地上滾來滾去。

看着看着，我的心提到了喉嚨眼，趕忙拾起那枚小東西，原來它正是**仙人戒**！

正當我沉浸在突如其來的勝利喜悅之中，蘭道夫走到我身邊，用魔法杖敲敲我的腦袋。

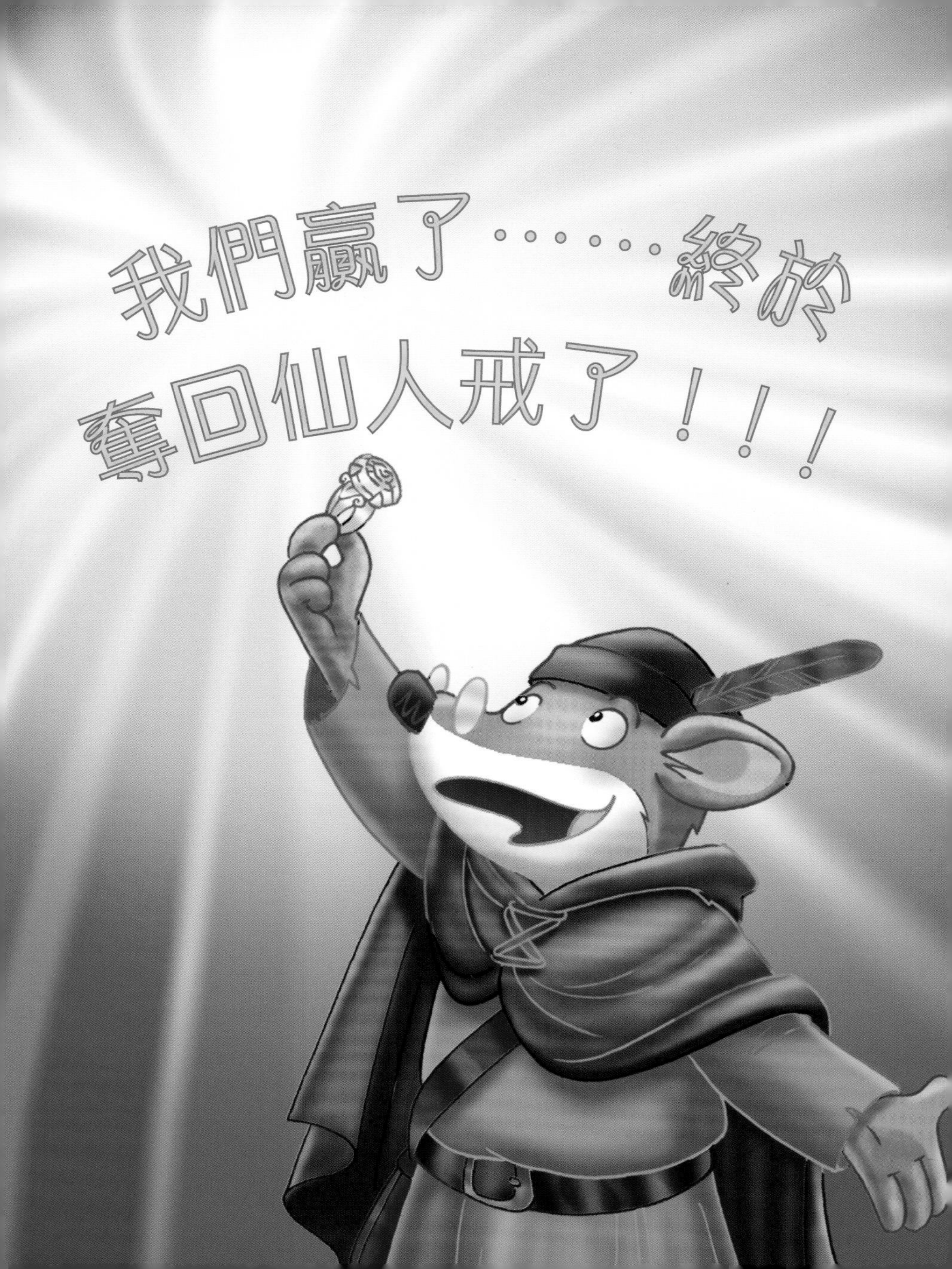
我們贏了……終於
奪回仙人戒了！！！

「**無名氏**，現在可不是慶祝的時候！儘管我必須承認——你的表現還不賴！」

蝶蟎智者在一旁搖頭：「不不不，現在可不是慶祝的時候！夢想國通往現實世界的通道還有缺口！少了你可不成！」

於是，
我開啟
這次奇妙
旅程
的最後
一程……

重返水晶宮

此章節描述了無名氏
最終如何將仙人戒交
還給芙勒迪娜皇后！

準備好了嗎，無名氏？

就在這時，蘭道夫嚴肅地注視着我，隨後他拿起能夠自由**伸縮**的魔法杖，點點我的腦袋。

「你**準備**好了嗎，無名氏？」

我納悶地問：「呃，**準備**什麼？什麼意思？我是說……差不多了……可要**準備**幹什麼啊？」

蟋蟀智者用他的拐杖敲擊地面，不滿地說：「你沒聽明白，小老鼠！你是**準備好**還是**沒有準備好**？不存在什麼……『**差不多了**』或是『**基本準備了**』！你只需要回答：是**準備好**了？還是**沒有準備好**？」

蘭道夫加重語氣說：「你必須馬上**準備好**！夜晚即將結束！自從你開啟這段旅程，一個月時間即將過去了！你必須在黎明前關閉連接現實和夢幻世界的通道！傻瓜蛋，如果你再這樣猶豫，芙勒迪娜就要失去**王位**了！」

我居然把關閉通道的事拋在腦後！對呀，雖然我找回了仙人戒，可我的**任務**並沒有結束……我能來得及在限期之前完成任務嗎？

我焦慮得**鬍鬚亂顫**：現在連接兩個世界的通道仍然開啟，我該如何關閉它呢？啊，這一切都是我的錯，我真是追悔莫及！想到這裏，我不禁淚流滿面起來。

535

我淚眼朦朧地問：「我該怎麼辦才好？」

蟾蜍智者問我：「你現在明白你所犯下的大錯了吧？是否感覺心臟刺痛？彷彿被針扎般痛，對嗎？」

我含着淚水點點頭。蟾蜍智者眯着眼睛望着我：「你若想關閉通道，倒是需要一根針！」

他舉起拐杖敲敲地面。我原本流成**一灘**的眼淚慢慢匯聚起來，凝聚成一根剔透的

水晶針。

它如我誠摯的心一樣
透明，
　　如我感受的痛苦一樣尖銳，
　　如我的眼淚一樣
鹹！

一根針？！

我握着這枚針，將它小心翼翼地放進斜肩袋裏，然後，我疑惑地問：「可什麼樣的線能配得上這枚針呢？」

甜夢太太上前説：「妮勒迪娜和黑仙女們奏響悲傷的音樂，在兩個世界間形成了一個黑洞。若想修補這個黑洞，你需要一根特別的線！

那根線必須……像美夢一般金黃，

像空氣一樣輕盈，

像愛一樣持久！」

我問道：「甜夢太太，我要到哪裏才找得到如此特別的線呢？」

她微笑着回答我：「你只需唱

一首充滿愛與和諧的歌……

你吐出的每個字會連成一串，然後你可要抓緊時間，在這些字符消失前將它們一串串穿過這根針！」

我問道：「我需要唱什麼歌呢？」

538

甜夢太太為我示範：

「我的歌來自心底，
歌唱那愛的詞語，
每個字符雖輕，
情義卻重千金！
字符連成金線，
比珠寶更加璀璨，
請你們縫起裂縫，
將通道完全修補……」

我全部記下來了，謝謝！

我將歌詞記在羊皮卷上，確保自己不會忘記。

蘭道夫走到我身邊說：「無名氏，現在你準備好了？還是沒有準備好？」

我回答：「**不，我還沒有準備好！**我該如何抵達現實和夢幻兩個世界間的黑洞呢？」

蘭道夫用魔法杖敲敲我腦袋：「你這是什麼問題！小老鼠，這次我依然會派

光明使者

繁星龍 護送你！」

這時，我總算鬆了一口氣，答道：

**「現在可以了，
現在我準備好了！」**

我躍上繁星龍的背，他開始緩緩起飛。我趴在龍背上，向狼聰聰和各位好友揮手道別。

飛越星辰

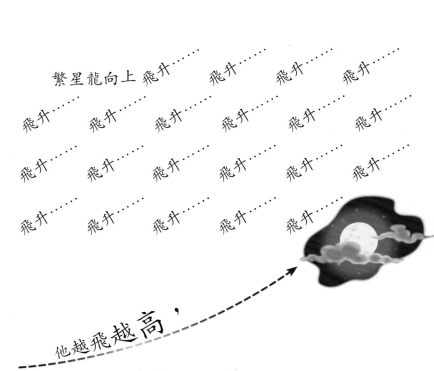

繁星龍向上 飛升…… 飛升…… 飛升…… 飛升……

飛升…… 飛升…… 飛升…… 飛升…… 飛升…… 飛升……

飛升…… 飛升…… 飛升…… 飛升…… 飛升…… 飛升……

飛升…… 飛升…… 飛升…… 飛升…… 飛升……

他越飛越高，

向天上掛着的金黃色明月飛去。他飛越星辰，
向右轉彎再向上飛升。在我們眼中，月亮變得越來
越大，射出銀白色的光芒。

繁星龍突然停了下來。

兩個世界之間的裂縫

就在我的面前。我的心彷彿被丟入冰櫃，剎那間充滿哀傷。在裂縫內，傳出了可怕的銀色小提琴樂聲在**迴盪**着……

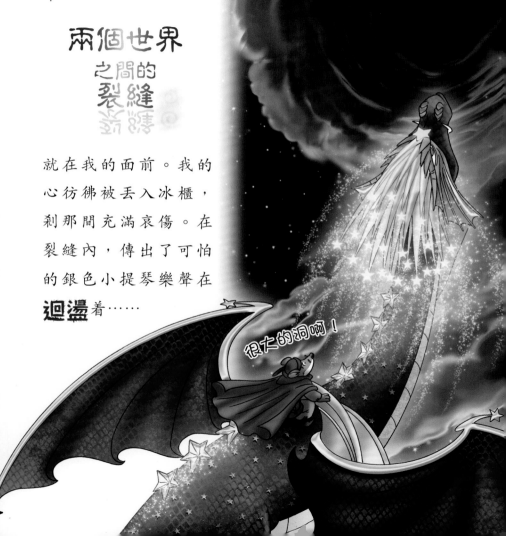

很大的洞啊！

繁星龍對我說：「無名氏，你想聽聽我的建議嗎？要我說，你可以坐在月亮上，這樣你縫起來更方便！」

　　於是，我沿着他長長的脖子向上爬，他催促我：「你可要抓緊時間完成啊，因為當第一縷黎明之光出現時，我就會消失！如果你動作太慢，我就無法將你送回到芙勒迪娜身邊！」

　　我手腳並用地爬上月亮，掏出

水晶針，

　　隨後我默唸一下甜夢太太教我的那些歌詞。就這樣……

我開始放聲歌唱！

我的歌來自心底，語言非凡的詞語，每個字符雖輕，情義卻重千金！字符連成金線，比珠寶更加璀璨，
縫把綻縫，將通道完全修補……

我手裏握着金線，開始修補兩個世界間的裂口，嘴裏還一刻不停地唱着歌。

　　裂口的邊緣並不整齊，要想修補好可不容易！

　　更何況……呃……其實我的針線活手藝並不出色！確切的說，是十分拙劣！

　　此時我腦海中閃現出蟒蜒智者的身影，耳邊彷彿聽到他的教誨：

**　　「快去行動，不必多慮！**
**　　抹去憂思……抹去疑慮……**
**　　人生字典裏沒有這三個字**

『我不行』！」

　　於是，我集中精神，專心致志地高唱起來……懷着心中虔誠的愛……對朋友們的愛……對芙勒迪娜的愛……對家鼠的愛……

金色的線穿過針頭⋯⋯接近那裂縫的邊緣⋯⋯
一進一出地縫合裂口⋯⋯

我感覺時間似乎沒有盡頭⋯⋯一針接一針地
縫⋯⋯直到縫合了整道裂縫⋯⋯

我小心翼翼地將線穿出來，並繫了一個

我終於完成了！

兩個世界間的裂縫閉合了！

我總算可以停止唱歌啦。

我完成得不錯啊：誰都看不出天空的一角被修
補過！

我終於圓滿地完成了任務！

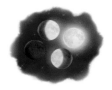

一個月後，重返水晶宮……

　　我重新躍上龍背，全速向水晶宮飛去：新的一天即將**開始**，我必須趕在任務完成限期日前返回那裏！

　　月亮的光芒逐漸變得暗淡。我掐指一算：從我離開水晶宮那天起，正滿一個**月**。喔喔喔，這段時間可真……

漫長！

　　就在**黑夜**即將逝去、黎明立刻到來時，繁星龍載着我抵達水晶宮……

　　我奔進城堡，心臟**激動**得狂跳……

如今我有仙人戒在手，**芙勒迪娜**應該能重返**皇后**寶座吧？

仙女們會原諒我嗎？

也許會，也許不會……也許會，也許不會……也許會，也許不會……

我推開**寶座大廳**的大門，向芙勒迪娜往日端坐的位置望去。可寶座上空無一人。

好失望！

快為我加冕！

　　我的好朋友芙勒迪娜站在一羣仙女中。她的衣着打扮和任何普通仙女一樣，閃亮的皇冠從她頭上消失了。她一直**雙目**低垂。我進入大廳的剎那看到她抬起眼簾，眼角流下

一滴 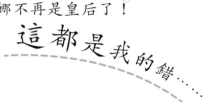 **悲傷的淚水……**

　　芙勒迪娜不再是皇后了！

這都是我的錯……

無名氏回來了！

啊啊啊！

大廳裏人潮湧動，正在舉行新一任國王的加冕禮……沒想到上任的居然是

無信無義王朝的霸鼬王子。

他已經將全部隨從和宮廷典禮的行頭轉移到水晶宮了！

人羣裏響起一片驚訝的呼聲，大家嗡嗡着説：「那不是無名氏嘛，就是弄丟仙人戒的傢伙！他肯定找不回戒指，看來芙勒迪娜即將被**流放**了！」

這時，霸鼬王子向我跑來……

你來幹什麼？

現在太遲啦！

我來吃薄餅！

在大廳裏，只見霸黜王子頭戴皇冠，身穿加冕禮服，還披着一件繡着花邊的斗篷！

他**氣勢洶洶**地朝我叫：「無名氏，你找到仙人戒了嗎？向前一步，給大家看看你手裏有沒有（怎麼可能有呢，哈哈哈！）你來這裏目的何在？我正要登上寶座。一切就緒，只等

加冕！

我甚至連登基後的宴席都準備好了。你還不速速離開，不然我的**薄餅**就放涼了！」

我轉向仙女們，努力抑制聲音中的**顫抖**，說：「仙女陪審團，我重返水晶宮，是為交還被偷走的寶物：仙人戒！」

我伸出右手爪，緩緩打開……

在我的掌心，有一枚戒指閃閃發亮，那就是**仙人戒**！

仙女們齊聲驚呼：

哇啊啊啊啊啊啊啊啊啊啊！

芙勒迪娜抬起眼睛，我望見她眼裏閃爍着希望之光。

霸貂王子跳到我面前，試圖搶走仙人戒，歇斯底里地尖叫：「不不不，這不是仙人戒，這一看就是**假**的！無名氏撒了謊，他一直謊話連篇，誰都看得出他是個騙子。你們別擔心，我來負責趕走他！因為我馬上就要成為夢想國的新國王啦！

王位是
我的，我的，我的！」

可最年長的道嚴仙女阻止霸鼬王子，隨後轉向我說：「騎士，你說的可是真話？這枚戒指真的是仙人戒？」

我舉起戒指：「請你們驗明真假！」

她仔細地檢查戒指，隨後高舉戒指大聲宣布：

「仙人戒重歸 水晶宮了！」

人羣裏發出一陣讚歎聲：「無名氏真棒，是夢想國的真英雄！」

這的確是仙人戒！

我垂下眼簾，喃喃地說：「親愛的朋友們，我並不是什麼英雄……」

道嚴仙女露出笑容，這是我第一次見到她微笑。

她代表其他仙女說：「謝

謝你，無名氏！全靠你封閉了現實和夢幻世界間的 **缺口**。你不辱英雄的美譽……仙女陪審團原諒你之前的過失！」

霸鼬王子狐疑地**抓過**戒指，輕輕地咬，又聞了聞：「嗯，確實有玫瑰的香氣……

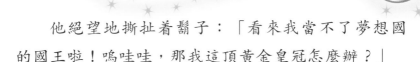

以一千隻爪子的名義，這的確是**仙人戒**！」

他絕望地撕扯着鬍子：「看來我當不了夢想國的國王啦！嗚哇哇，那我這頂黃金皇冠怎麼辦？」

他的妹妹嬌鼬公主也歇斯底里地尖叫：「嗚哇哇，你居然當不成夢想國的國王了？**那……那……那**就是說，我做不成國王的妹妹啦？嗚哇哇，那我精心準備的*用來簽署重要文件的鵝毛筆*該怎麼辦……」

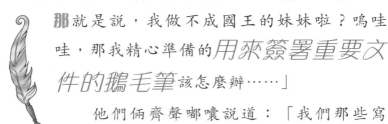

他們倆齊聲嘟囔說道：「我們那些寫

好的請柬怎麼辦？ 請柬 的日期正是今天呀！嗚哇哇，我們剛剛寫完了最後一張……」

隨後，他們倆放聲大哭：「最重要的是，我們之前準備的

三萬三千三十三個
薄餅

該怎麼辦？」

他們倆一邊向外走，輪流安慰着彼此，說：「算了，我們用金皇冠來插花吧。我把銀手杖熔化鑄成底座安在皇冠下面，還可以用它來當茶壺呢。

怎麼辦？

至於請柬嘛，我們可以回收利用：用反面來**填寫**未來三十年的購物清單……而用來寫的筆，當然就是準備簽署重要文件的鵝毛筆啦！」

我當不成國王了！

我當不成國王的妹妹啦！

　　霸鼬兄妹們若有所思地捋捋鬍鬚：「不過……那**三萬三千三十三個薄餅**要怎麼處理？」

那些薄餅怎麼處理？

乾脆我們全吃了！

「這些薄餅可沒法保存太久……乾脆我們一起吃它們……」

「好啊……吧唧！」

「薄餅的味道不錯……再說我們還有一千片

大胃靈

這種魔法藥片能幫助你消化**所有**食物……」

陛下，這是你的消化藥！

嗝！

吧唧！吧唧！吧唧！嗝！

皇后的演講

仙女陪審團的一位成員宣布：「夢想國的加冕典禮重新開始！我們重新任命仙女族裔**芙勒迪娜**繼續統治王國，因為她不負國民的重托！」

大廳裏一片安靜，大家都期待着皇后芙勒迪娜的**演講**。她發言了：「大家認為誰更值得讚頌：**是那些從不跌倒的？還是那些跌倒後在朋友幫助下重新爬起的？**要我說：跌倒後還能再爬起來更可貴。因為沒有誰是完美的⋯⋯生命的美，正在於我們每個人的不完美。因為不完美，我們每一個才

獨一無二、不可複製、與眾不同⋯⋯

只有在<u>跌倒</u>時，我們才會明白誰是真正的朋友。要知道我們都會跌倒，也正因為我們跌倒過，才明白寶貴的一課：人非聖賢，孰能<u>無過</u>……因此我要說：無名氏，你仍是真英雄！」

　　隨後，她將手放在胸口：「我親愛的子民們，我想問問大家：你們是否願意我重新成為

夢想國的皇后？

　　這時，人羣中爆發一陣高呼回應，震得水晶宮的玻璃都顫抖了：「願意意意意意意意意！」

　　芙勒迪娜張開<u>雙臂</u>，彷彿在擁抱夢想國的全體子民：「仙女們和精靈們、魔法師們、侏儒們和巨人們、矮人們和樹精們、女巫們和巫師們、巨怪們和小怪獸們、綠色家族的花果成員們，以及三位趕

來助陣的智者⋯⋯我向大家獻出我的⋯⋯

愛！」

藍龍摘下頭盔，屈膝行禮，尊敬地說：「您是**一位偉大的皇后**，並不是因為你身體裏流着仙女族裔的高貴血統，而是因為你的話總能沁入我們心田！」

他俯首致意：「我，藍龍，**忠心**為您效勞！」

大家一個接一個地向芙勒迪娜致意。**新舊朋友們**一起攜手，表達他們對皇后的忠心。

芙勒迪娜對大家報以微笑，那微笑沁入我們的心田⋯⋯

大廳裏迴盪着高呼聲：「仙女萬歲！」

終於輪到我了⋯⋯

我也**彎下腰**。

甜蜜
愛
温柔 善意
愛 快樂 友情
安靜 寧靜 善意 光明 温柔 形象 友情 朋友
聯盟 和平 寧靜
關心 忠貞 甜蜜 親切 感激 感激 愛 温柔 慷慨 團結 和諧 愛 和睦
愛 友情 朋友 和諧 寧靜 奇跡 光明 一致 關心 理想
熱情 健康 鍾情
親切 關心 奇跡 善意 信心 可愛 聯合 團結
安靜 温柔 形象 友情 朋友 寧靜 善意 光明 温柔 形象 友情 朋友
和諧 可愛 忠心 健康 慷慨 寧靜 愛 熱情 健康 鍾情 和諧
愛 友情 朋友 和諧 寧靜 奇跡 光明
美麗 朋友 理想 禮貌 奇跡 光明 聯合 仁愛
愛 友情 朋友 和諧 寧靜 奇跡 光明
形象 女友 情感 團結
善意 快樂 健康 積極 甜蜜 温柔
美麗 朋友 忠貞 禮貌 奇跡 信心
聯合 善意 光明 和平
聯合 友情 善意 合作 熱情 甜蜜
熱情 健康 積極 奇跡 形象
愛
聯合 善意 光明 和平
光明 鍾情 信心 忠心 可愛 親切
親切 關心
手足之情
安靜 温柔 形象 友情 朋友 寧靜 善意
和諧
甜蜜 温柔 友情 善意 忠心 親切 手足之情
一致 關心 理想 女友 快樂 光明 形象
和諧 愛 和睦 分享 仁愛 一致 關心 理想
温柔 鍾情 信心
情感 忠貞 親切 感激
愛 信心 慷慨 美麗 朋友 理想 禮貌 奇跡 光明
手足之情 可愛 和睦 美麗 熱情
女友 快樂 光明 形象
配合 寧靜 可愛 忠貞
寧靜 善意 光明 温柔 形象 友情 朋友
友情 善意
甜蜜
愛

無名氏的選擇

我將右手放在胸前，垂着眼睛低聲問：「**皇后陛下**，你能原諒我嗎？」

芙勒迪娜微笑着回答：「快起來，我的朋友，我早就原諒你了！」

我的聲音小得如同蚊子叫：「那麼，我還能恢復正直無畏的騎士這個稱號嗎？」

哈哈哈！

還沒完呢！

唉喲！

芙勒迪娜還沒開口回答，蘭道夫就結結實實地用魔法杖敲敲我腦袋。「你已經犯過錯誤了，**小老鼠！**你覺得你配這個稱號嗎？」

蟆蟆智者眯縫着眼睛看着我，說：「你如何看待自己？你覺得自己是一個正直無畏的騎士嗎？」

我歎了口氣：「我不敢說自己正直，因為我辜負了芙勒迪娜的**信任**……我也並非毫無畏懼！」

蟆蟆智者贊許地看着我：「好了！你並非一無是處：我指點過很多人，也會指點你！」

他直視我的雙眼問：「你渴望成為夢想國的

真英雄

……成為大家可以依靠的臂膀……那就是成為一位

能夠**戰勝**恐懼的勇者⋯⋯**擊敗**敵人的戰士嗎？」

我回答：「我打心底裏渴望！」

蠑螈智者點點頭：「說得好！我願意收你為徒，**隨**我去光明峯的隱廬吧。那裏不受任何時間和空間的限制。你可以一直與我同住，直到你頓悟為止。」

我猶疑地問：「可⋯⋯那需要多長時間呢？」

他揚揚左眉毛：「需要很久很久⋯⋯或是很快很快？

這取決於你自己！」

我追問道：「呃⋯⋯我希望早點回到老鼠島上的家，也許我可以⋯⋯再回來找你⋯⋯」

他揚了揚右眉毛：「你當然可以回家，不過你再也無法抵達我的隱廬。機會只有一次，你還要我重複一遍嗎？」

我猶豫不決地思索着。

我渴望跟隨蠑螈智者，**學習**如何成為一名真正的騎士，可我也想念家園。咕吱吱，此刻我心中多麼……

思鄉

結束……還是開始？

　　蘭道夫用胳膊肘碰碰我，在我耳邊低語說：「**小老鼠**，這機會千載難逢。你要是不接受，就真是大蠢材！」

　　於是，我下定決心：「蝶螈智者，**我決定隨你同去**。謝謝你收我為徒。」

　　蝶螈智者瞇縫着眼睛，滿意地說：「從今開始，你需稱呼我為『**師傅**』。

在我講話時，你不能插嘴。凡事需按我吩咐的去做。平時需要靜心修煉，直到你的內心 盈 滿愛。在我們啟程前，你有什麼問題嗎？」

　　我提問：「師傅，我還是想問問：這次修行需

要多久？我擔心老鼠島上的**親友**會因為我的失蹤而擔心……」

蝶蜅智者扭扭鼻子：「嗯，你要知道：我的隱廬裏沒有時間和空間的概念，因此你**家鄉**的親友們並不會意識到你不在身邊。至於你的修行需要多久，那由你——完全由你自己決定。我只期待你完成一件事。你明白是**什麼**嗎？」

我懷疑地説：「呃，師傅我不明白。那是**什麼？**」

「我只期待你完成一件事：

提升自我！

在你未修行圓滿之前，我希望你不要離開我在光明峯上的隱廬。」

隨後，他拍拍我的肩膀：「振作點兒，**勇敢**些，等待你的將是漫漫長路！現在該是你和朋友們告別的時候了，因為我們即將啟程！」

我喃喃地問：「呃，**師傅**……
你說前方是……漫漫長路？難道我們
沒有任何交通工具？誰知道，一隻
巨龍……或者……比如……一個
光的**漩渦**，可以『嗖』一聲將
我們送到遠方。」

再見！

蝶蠑智者回答：「如果你想要修行圓滿，就必須勞累筋骨，因此……用雙腳丈量旅程吧！」

隨後，他一言不發地踏上了一條小徑。那小徑通向太陽的方向；而此刻**太陽**已經落下**地平線**。

我們走！

一路平安！

朋友們，再會！

我急忙跟上師傅的腳步，向着**暗夜**中光明的方向前進……

我背後傳來蘭道夫、狼聰聰和其他朋友們的呼喊：「**再見**，無名氏，再會！」

我轉過頭，感動地向大家揮手告別。

「**再見**，朋友們！」

我走啊走啊，夜以繼日地走……直到我抵達了一座**山峯**腳下。那山峯高聳如雲。而上山的路又如此**險峻**！

我們在路邊停下來，蝶蜿智者為我穿上一件

粗羊毛袍子，

他又遞給我一根和他手杖相似的拐杖，以助我攀登高山。

我深吸一口黎明時分新鮮清冽的空氣。蝶蜿智者向我指指山頂。

「這就是光明之路！

我們要沿着此路攀登，直到抵達我的隱廬！在那兒，你會成長為一名真正正直無畏的勇士。」

蝶螈智者開始踏上了險峻的登山小徑。

我緊隨其後……

我一路回想着自己剛剛完成的任務……

我追回了仙人戒……
現實和夢幻世界的
缺口重新閉合了……
芙勒迪娜得救了……

前路雖然未知，
但我能肯定地說：
我已成竹在胸！
我將這段傳奇經歷
珍藏於心，
並與你們分享。
親愛的讀者朋友們，
海內存知己，
天涯若比鄰！
我希望你們永遠記住：

我愛你們！

以我史提頓的名義發誓，
謝利連摩・史提頓！

故事終

夢想語詞典

答案

P.20,22-25,34
天空上現出了貓頭鷹的身影。

P.56-57
火龍裝扮

P.62-63
貓頭鷹落下11根羽毛。

P.74-75

P128-129
37個矮人。

P.140-141
33個黑仙女。

答案

P.156-157

7隻松鼠。

P.160-161

P.168

山

P.170-171

P.201

36種樹名。

答案

P.202-203
有四張臉。

P.404-405

P.406-407
20隻蟲子。

P.286-287

答案

P.408-409

10隻禿鷲。

P.412-413

8隻食肉魔。

P.410-411

答案

P.422-423

79個女巫。

P.430-431

P.438-439

P.490-491

奇鼠歷險記

大長篇2 失落的魔戒

GRANDE RITORNO 2 NEL REGNO DELLA FANTASIA

作者：Geronimo Stilton　謝利連摩·史提頓
譯者：林曉容
責任編輯：胡頌茵
中文版封面設計：李成宇
中文版內文設計：羅益珠　劉蔚
出　　版：新雅文化事業有限公司
　　　　　香港英皇道499號北角工業大廈18樓
　　　　　電話：（852）2138 7998
　　　　　傳真：（852）2597 4003
　　　　　網址：http://www.sunya.com.hk
　　　　　電郵：marketing@sunya.com.hk
發　　行：香港聯合書刊物流有限公司
　　　　　香港新界大埔汀麗路36號中華商務印刷大廈3字樓
　　　　　電話：（852）2150 2100　　傳真：（852）2407 3062
　　　　　電郵：info@suplogistics.com.hk
印　　刷：C & C Offset Printing Co., Ltd.
　　　　　香港新界大埔汀麗路36號
版　　次：二〇一七年七月初版
　　　　　二〇一九年一月第三次印刷
版權所有·不准翻印
中文版版權由Edizioni Piemme 授予，僅限香港及澳門地區銷售

奇鼠歷險記

①漫遊夢想國

②追尋幸福之旅

③尋找失蹤的皇后

④龍族的騎士

⑤仙女歌雅不見了

⑥深海水晶騎士

⑦追尋夢想國珍寶

⑧女巫的時間魔咒

⑨水晶宮的魔法寶物

⑩勇戰飛天海盜

⑪光明守護者傳說

勇士回歸（大長篇1）

失落的魔戒（大長篇2）